허당(虛堂) 선생의 인생 잔소리

김성철 산문집

허당(虛堂) 선생의 인생 잔소리

예서

교수님, 허당이시구만요. 언젠가 함께 등산하던 제자가 무심코 한 말이다. 다른 제자들이 까르르 웃었다. 평소에 진지한 말을 곧잘 하는 내가 실생활에서는 허술하기 짝이 없다는 우스개 소리였겠지만, 나에게는 이 말이 허당(虛堂)으로 들리면서 깊은 울림을 주었다. 빈 집, 비어 있어 모든 것이 머물 수 있고 쉴 수 있는 곳. 모든 존재의 소망이 머물고 쉬는 곳. 내 자신이 그러한 존재였으면 하는 바람으로 나는 제자들이 선사한 그 이름을 호(號)로 받아들였다.

서부진언 언부진의(書不盡言 言不盡意), 이는 『주역』에 나오는 말로, 글은 말을 다하지 못하며, 말은 뜻을 다하지 못한다는 의미이다. 이는 언어의 한계를 이르는 말이다. 하지만 달리 뜻을 전할 길이 없으니 이렇게 글로 내 생각을 펼쳐 본다. 내게 대단한 철학이나 깨달음이 있어서가 아니고, 다만 먼저 살아본 사람으로서, 나와 인연을 지닌 사람들이 세상을 사는 동안 더 넓은 세계를 품에 안고 삶을 사랑하며 평온하게 살아갔으면 하는 바람으로 남기는 글이다.

차 례

1부 나의 관점이 나의 존재를 규정한다

인생에 대한 이론과 생각들은 사람들 수만큼 많고 다양하며 각기 다를 수밖에 없기에 인간 각자의 삶은 하나의 세계라고 할 수 있다. 얼굴이 다른 것처럼 각자 다른 생각과 경험을 가진 존재가 살면서 이루어 온 세계이기 때문이다. 실존주의 철학에서는 인간을 「세상에 던져진 존재」라고 말한다. 아무 이유 없이 '세상에 던져진 존재'로 인간을 파악하며, '존재는 본질에 앞선다.'는 명제로 본질보다 지금 현재의 존재에 초점을 맞춰 인생을 보는 것이다.

존재와 본질의 문제는 인간이 진리를 탐구하는 갈망에서 시작되었다. 변하지 않는 진리란 무엇일까. 그 진리는 지금까지도 탐구되고 있지만 물질의 원초적 실재조차 아직도 못 찾고 있는 형편이다. 인간은 원자, 전자, 중성자, 소립자 등 물질의 원초적 근원을 더듬어가는 과정에 있으며 힉스입자가 신의 입자라고 일컬어지지만 아직 규명된 것은 아니다. 진리는 계속 탐구되어야겠지만 모든 것이 끊임없이 변화하기에 변하지 않는 진리를 찾는다는 것은 인간의 능력으로는 한계가 있어 보인다. 과학이 발달될수록 과학자들은 불가지론에 빠진다고 한다.

소립자 물리학자들이 궁극적으로 신앙인이 되는 경우가 많다는 말이 있다. 소립자를 관찰할 때 마음속으로 오른쪽으로 돈다고 생각하고 관찰하면 오른쪽으로, 왼쪽으로 돈다고 생각하면 왼쪽으로 돌고 있어 도무지 정확한 사실을 확인할 수가 없기 때문에 결국 불가지론(不可知論: 알 수 없음)에 빠진다는 것이다. 현대 물리학자들의 이론에 따르면 이 세상의 근본 물질 혹은 가장 최소의 단위는 정해진 어떤 물질이 아니라 늘 주변의 사정에 따라 변하기 때문에 파악하기 어렵다는 것이고, 그것도 관찰자의 개입에 의해 달라지기 때문에 본질 파악은 사실상 불가능에 가깝다고 한다. 다시 말하면 어떤 물체든 보는 사람에 따라 다르다는 것이며, 보는 사람의 개입이 그 존재를 결정한다는 것이다.

모든 철학과 종교는 자연과 인간을 어떻게 보느냐에 따라 각기 다양하다. 사상과 믿음은 각기 다르지만, 가장 중요한 것은 남의 관점이 아니라 나의 관점이다. 모든 것의 시작은 나로부터이기 때문이다. 내가 없어도 세상은 있다고 생각할 수 있지만, 내가 없는 세상이 나에게 무슨 의미가 있을까. 내가 없다면 이 세상은 없다. 내가 죽어도 다른 모든 것이 그대로 존재하겠지만, 나에게는 이 세상은 없다. 여기 지금 나의 모든 것은 나의 관점에서 나 스스로를 어떻게 생각하고 어떻게 사는 것이 잘 사는 것인가라는 질문에서 시작한다.

나 자신으로 살기

인간은 '사회적 동물'이라고 말한다. 사회라는 개념을 넓게 보면 모든 만물이 공존하는 공간이다. 인간이 사회적이라는 말이 개개인의 독립성을 부정하는 것은 아니다. 왜냐하면 인간은 개체로서 독립성을 갖고 자립할 수 있을 때 비로소 '사회적 동물'로서 기능할 수 있기 때문이다. 사회의 기본 단위는 개인이다. 나의 생존이 있어야 '나—아닌' 타자와 주고받는 관계가 이루어진다.

여러 사람들 속에 있을 때는 그 분위기에 묻혀 나를 잊지만, 내가 있어 그 분위기 속에 있을 수 있는 것이다. 우리는 흔히 내가 사는 세상의 행불행의 기준이 마치 밖의 세상과의 비교에 있고, 그 기준이 내가 아니라 타인의 시선에 있는 것처럼 착각을 한다. 그것이 행복의 기준이 되고 우리의 행불행은 타인과의 비교를 통해 정해지는 것처럼 생각하는 것이다. 세상살이가 힘들게 느껴지는 것은 대부분 나를 보는 외부 시선에 대한 의식과, 비교 그리고 외부 시선에 맞춘 나 스스로에 대한 기대에서 비롯된 것들이 많다. 그러나 이러한 기준에 의해 스스로 내린 나에 대한 평가는 나의 생각일 뿐이다. 어떤 객관적인 잣대란 애초에 없다.

영국의 철학자 버트런트 러셀은 『행복의 정복(The Conquest of Happiness)』에서 인간을 불행하게 만드는 요인은 첫째 절망이며, 둘째 부러움, 시기, 시샘(envy)이라 말한다. 우스개 소리로 말하면 '부러우면 지는 것'이다. 이렇듯 바깥에 눈을 두고 나를 남과 비교하며 행불행을 느끼고 살지만, 판단하고 결정하며 느끼고 괴로워하는 주체는 바로 '나' 자신이다. '나'는 내가 지각하는, 내가 주변의 상황을 바탕으로 판단하는 '나'다. 그 '나'가 눈을 안으로 향해 내 안의 사정을 살핀다면 이제 그 기준은 내가 된다. 내가 기준이 되는 삶을 산다는 것은 이기적인 '나 위주' 관점에서가 아니라 주체적인 나의 관점에서 타자와 공존하는 동등하고 당당한 삶을 사는 것을 말한다. 육체적으로 아파도 내가 아프고 정신적으로 힘들어도 내가 힘들다. 타인은 다만 위로가 될 뿐. 스스로 주체적이며 자신을 돕는 마음으로 당당히 설 수 있어야 독립적인 존재다.

누구도 내가 죽음을 맞이할 때 함께 할 수 없다. 내 삶의 기준은 타인과의 비교가 아니라 나여야 한다. 나의 삶을 누구에게 전가하며 탓할 것인가? 밖으로 흔들리지 말고 자신의 중심을 냉철하게 잡아야 한다. 그럴 때 나는 세상과 동등한 존재가 된다. 한 포기의 풀, 한 마리의 새를 보라. 누구에게 의지하는가. 이 세상의 모든 생명체는 어떤 무엇을 탓하지 않고 자연의 흐름에 의지해 스스로 자기를 책임지며 산다.

나는 여기 지금의 동사적 존재

순간순간 내쉬고 들이마셔야 하는 호흡은 어디에 머물 수도 머물 곳도 없다. 숨을 들이마신 채로만 살 수 없듯이 내쉰 채로만도 살 수 없다. 매 순간 들이마시고 내쉬는 숨처럼 사는 것이 우리의 삶이다. 숨으로 비유를 했지만 삶은 이렇듯 늘 변해야 유지된다. 변화하는 속에 생명이 유지된다. 이것이 모든 존재와 나의 삶이 의존하는 물리적 조건이다.

무유정법(無有定法), 이 세상에 정해진 것은 아무것도 없다. 왜냐하면 나도 변하고 나의 환경도 계속 변하고 있기 때문이다. 어떤 것도 하나의 원인만으로 이루어진 것이 아닌 복합적인 원인과 조건들의 결합으로 인한 것이기에 어떤 정해진 방향을 알 수 없고 예측이 불가능하다. 다만 추측할 뿐이다. 설명을 위해 부득이 이런저런 개념을 들어 설명하지만 그 개념이 실재하는 것이 아니라 편의상 만든 개념이라는 것도 잊지 않아야 한다. 다시 말해 이 세상에 존재하는 모든 것은 늘 상호의존적으로 변화하기에 변하지 않고 고정된 실체란 아무것도 없다.

어떤 것이 정해져 있다는 생각은 망상에 불과하다. 정해져 있다는 생각이 고통을 몰고 온다. 모든 상황은 수시로 바뀐다. 우리는 늘 내가 정해진 틀에 따라 생각하고 그것이 그대로 유지된다는 가정 하에 산다. 그 틀이 어긋나면 불안하고 힘들다. 정해진 틀에 매여 살게 되면 한편으로는 편하지만, 현실을 제대로 판단하지 못하게 된다. 왜냐하면 우리의 경험에 인해 만들어진 그 틀은 나의 경험이 변하고 있는 지금 이 시점에서도 늘 새롭게 형성되기 때문이다. 그런데 우리는 대부분 나의 틀을 정해 놓고, 현실을 나의 틀에 따라 재단하고 당연시한다. 그래서 나는 어제도 오늘도 내일도 그대로인 듯 산다. 내가 생각하는 나가 정말 어제의, 오늘의, 내일의 나일 수 있을까?

변화는 힘들고 피곤하다. 하지만 힘들고 피곤한 그 변화 때문에 우리는 살아가고 기대하고 희망을 갖는다. 모든 것은 늘 변한다는 사실을 자각하고 일어나는 일을 대하면 세상살이에서 우리가 느끼는 고통은 많이 경감될 수 있다. 모든 일이 변하고 있다는 사실을 직시한다면 지금의 상황에 집착하여 고통받지 않고, 시시각각 다가오는 새로운 현실을 마주할 수 있다. 우리는 상호의존적으로, 그리고 동사적으로 살아간다. 다시 말하면 우리는 이 순간의 실체적 존재인 명사적 정체성으로 살아가는 것이 아니다. 나는 지금 여기 내가 영향을 주고받는 모든 환경 안에서 흐르는 물처럼 끊임없이 변화하는 동사적 존재로 살아가고 있는 것이다.

지금 우리에게 생기는 모든 일은 현재의 직전을 포함한 과거의 여러 조건과 원인에 의해 일어나는 것이다. 다만 우리가 그 상황과 조건을 정확히 알지 못할 뿐이다. 그 상황과 조건

또한 매 순간 바뀌는데 어디에 머무르고 집착할 곳이 있는가. 우리가 '나'라고 말할 때 그것은 나의 물리적 조건만을 이르는 것이 아니다. 자아라고 부르는 우리의 심리적 자아가 외계와 접촉하고, 그것을 바탕으로 계획을 세우고, 행동하고, 그 결과를 통해 매 순간 자신의 세계를 재구성하면서 살아가는 과정인 것이다.

우리의 생각에 어떤 현상의 원인이 분명한 듯 보이지만, 대부분은 다만 그렇게 추정될 뿐 정확한 원인을 찾지 못한 경우가 많다. 그 원인이 공간적으로도 시간적으로도 복합적이기 때문이다. 그렇기에 지금 내가 할 수 있는 일은 여기 지금 내가 하는 언행의 결과가 그대로 타자의 존재에 영향을 끼치게 됨을 자각하여 모든 존재가 이로운 방향으로 나아갈 수 있도록 여기 지금 늘 깨어 살아가는 것이 중요하다. 여기 지금 정성을 다해 온전히 집중해 사는 것이 내 삶을 사는 것이다. 지금 내가 당면한 문제를 생각하고 계획을 세우며 할 수 있는 최선을 여기에서 지금 하라는 말이다. 우리는 한 번도 과거를 살아본 적도, 미래를 살아본 적도 없다. 과거와 미래는 우리의 생각일 뿐 매 순간 나는 늘 여기 지금을 살아왔을 뿐이다. 우리가 걸으면서 몇 킬로를 걸어왔다고 생각하지만, 사실 나는 여기 지금 땅 위에, 발에 우리의 몸을 얹고 있을 뿐이다. 시간과 공간을 생각하지만 그것은 우리의 생각에만 존재할 뿐 나는 항상 여기 지금의 존재이다.

석가는 "나의 법은 생각하되 생각함이 없이 하고, 행하되 행함이 없이 하며, 말하되 말함이 없이 하고 수양하되 닦음이 없이 하는 것이라."라고 말한다. 이상한 말로 들리겠지만 그 뜻은 여기 지금 내가 해야 할 일에 정성을 다하되, 그 결과에 연연하거나 끌려 다니지 말라는 얘기다. 왜냐하면 삶은 흐르는 물과 같아서 내가 잡는다 해서 잡히는 것이 아니고 내가 집착한다고 해서 멈춰지는 것이 아니기 때문이다. 모든 것을 하되 그 결과를 온전히 편히 받아들이라는 말이다. 기독교에서는 순명(順命)이라는 말이 있다. 나에게 일어나는 모든 일은 하느님의 뜻이니 온전히 받아들이라는 말이다. 좋은 일이든 나쁜 일이든 하느님에 대한 믿음으로 받아들이는 것이다. 우리가 믿는 하느님이 당신의 자녀인 우리를 내팽개치지는 않으리라고 온전히 믿고 따르라는 것이다.

나는 여기 지금의 존재이며 여기서 내가 생각하고 행동하는 그 매 순간 순간이 나다. 어제의 나는 기억 속에 있고, 내일의 나는 상상 속에 있지만 현존하는 나는 여기 지금의 나이다. 어제는 이미 지나갔고 내일은 아직 오지 않았다. 어제와 내일의 일에 대해 내가 할 수 있는 일은 없다. 아무리 어제의 일을 되돌려본들 기억뿐 우리가 어떻게 할 수 없고, 내일의 일을 바라본들 우리가 할 수 있는 일이란 상상일 뿐이다. 실제로 우리가 무엇인가를 할 수 있고 바꿀 수 있고 즐길 수 있는 시공간은 매 순간 흐르는 여기 지금뿐이다. 오직 여기 지금에 집중하며 살 때 매 순간 새롭게 태어날 수 있으며 새로운 삶을 살 수 있다.

어제에 대한 후회와 내일에 대한 상상보다 여기 지금이 가장 생생한 나의 삶이다. 어제와 내일은 잊고 여기 지금에 집중할 때 늘 새로운 삶을 즐길 수 있다. 어제를 잊는다고 잊혀지는 게 아니고, 미래를 상상하지 않기도 어렵지만 그 기억과 상상에 끌려 다녀서는 안 된다. 나는 여기 지금의 존재이며, 인연 따라 매 순간 변하는 내가 바로 나다. 우리가 생각하듯 나는 고정된 존재가 아니라 늘 변화하는 속에서 무엇에도 걸림 없이 여기 지금을 사는 존재다. 지금 이 순간이 나이기 때문에 내가 접하는 모든 것이 새로우며, 그 모든 인연들과 어떤 관계를 맺고 사느냐가 나를 만드는 새로운 계기가 된다. 다시 말해 나는 여기 지금을 살 때 늘 새로운 존재로서 선택할 수 있고 바꿀 수 있으며 즐길 수 있다. 지금의 나로 만나는 늘 변화하고 새로운 모든 것에 감사하고 평온하자.

내가 누구이며 무엇이라는 생각을 가지면 그에 따르는 틀과 의무에 묶여 고통이 생긴다. 그런 생각을 놓아버리고 여기 지금 내가 할 수 있는 최선을 선택하고 과거의 마음을 놓아버리면 자유로우면서 훨씬 가볍고 능동적인 삶을 살 수 있다. 내가 여기 지금을 살면 그동안 지나쳤던 익숙한 풍경, 사람들 등을 선입견 없이 늘 여기 지금의 새로운 모습으로 바라볼 수 있다. 길을 걸으며 딴 생각을 하고 무엇을 먹으면서 딴 생각을 하면 길을 걸어도 온전히 길을 걷지 못하고 무엇을 먹어도 온전히 그 맛을 느낄 수 없다. 온전히 순간을 살지 못하는 것이다. 사시사철 자연의 변화, 봄의 새싹, 여름의 녹음, 가을의 단풍, 겨울의 단순한 아름다움을 우리는 지금 온전히 느끼고 사는가? 삶의 고단함과 복잡함을 핑계로 우리는 그 아름다움을, 그리고 그 변화를 느끼지 못하고 산다. 우리의 선입견을 버리고 여기 지금을 보고 느낄 수 있어야 한다.

'나 - 아닌' 존재와 하나로 살기

우리는 독립적인 주체로 살고 있지만 우리의 삶을 조금만 더 깊이 들여다보면 내가 살아가면서 의지하는 것은 모두 '나-아닌' 존재들이다. 먹고 마시는 것들, 입고 쓰는 것들, 그 모든 것들은 다 '나-아닌' 것들이다. 나와 '나-아닌' 존재와의 화합으로 나를 유지한다. 따라서 나와 '나-아닌' 존재는 하나다. '나-아닌' 존재들을 존중하고 아끼는 것이 나를 존중하고 아끼는 것이다. 타인, 자연 등 모든 것이 나와 하나로 연결되어 있다. 사실 우리가 나라고 생각하는 것은 '나-이외'의 것들과 함께 존재하는 것이지, 그것들과 별개로 존재할 수는 없다. 이것이 우리 삶의 진면목이다.

 나의 몸은 숨을 쉬어야 하고, 먹어야 하며, 추위를 견디기 위해 옷을 입어야 한다. 이렇게 다른 것에 의지해야 삶을 영위할 수 있다. 우리가 늘 당연하게 여기는 숨 쉬는 것을 관찰해 보자. "내쉬는 숨이 들이쉬는 숨을 보장하지 못한다."라는 말이 있다. 매 순간 숨을 쉬지 못하면 우리는 존재할 수 없다. 다시 말해 우리의 삶은 호흡지간(呼吸之間, 호흡만큼 짧은)에 있다. 전체적으로 보면 모든 생물체가 내쉰 숨을 내가 들이마시고 내가 내쉬는 숨을 그들이 들이마시며 살고 있다. 이 조건 하나만 보더라도 우리는 상호의존적인 존재라는 것을 쉽게 알 수 있다. 무엇에 의존하지 않으면 존재할 수 없는 존재인 것이다.

이 세상에 사는 또는 존재하는 모든 것은 상호의존적으로 존재한다. 나는 언제나 '나—아닌' 다른 것에 의지해 존재한다는 말이다. 사물도 마찬가지다. 어떤 물건도 하나의 요소로 만들어진 것은 없다. 우리가 사는 집은 나무, 시멘트, 물 등이 합쳐져서 만들어진다. 멋진 도자기 또한 고령토, 물, 그리고 장인의 솜씨, 가마 등이 어우러져 만들어진 것이다. 쓰는 물건을 하나하나 살펴보면 다른 요소들과 합쳐져 이루어지지 않는 것은 찾아볼 수 없다. 모든 만물은 다른 여러 요소들의 집합체이다. 물도 H_2O, 수소와 산소의 결합물이다. 만약 그 중 하나의 요소를 없앤다면 물이 될 수 없다. 순수한 하나의 요소, 다시 말해 하나의 정체성을 가진 존재는 없다. 우리가 편의상 '무엇'이라고 이름하지만, 내가 '나—아닌' 것으로 이루어지고 유지되듯이 이 세상 모든 만물 또한 '그것—아닌' 것으로 이루어지고 유지되고 있는 것이다.

마음은 어디에 있는가

우리는 나의 의지와는 상관없이 세상에 태어나 내가 원하든, 원하지 않든 살아가야 하는 짐을 지게 된다. 어떤 이에게는 삶 자체가 고통의 연속일 수도 있고, 어떤 이들에게는 그럭저럭 살 만한 과정일 수도 있을 것이다. 삶에서 당하는 고통은 사람에 따라 그 강도와 깊이가 다 다르다. 그 누가 짐작할 수도 없다. 온전히 본인의 몫이기 때문이다. 매 끼니마다 먹어야 하고 마셔야 하며 계절에 따라 입어야 하고 자신을 누일 집을 구해야 한다. 이 과정을 만들어 가야 하는 우리 삶의 과정은 고통이며 희망이다. 게다가 자식이 있으면 그 과정은 나의 기쁨과 부담을 배가(倍加)시킨다. 무자식 상팔자라 하지만 자식들이 커가고 성취하는 것을 보는 즐거움은 잉태하고 뼈와 살을 나누어 주고 출산하고 보육한 모든 고통을 잊게 한다.

불가(佛家)에서는 '인생은 고해(苦海)'로 말한다. 괴로움의 바다란 말인데, 그 까닭은 인간의 환경이 늘 같지 않으며, 인간의 욕구 충족에 대한 욕망이 끝이 없기 때문이다. 불가에서 팔고(八苦: 여덟 가지 고통)를 이야기하는데, 이는 생로병사(生老病死)의 고통 외에 애별리고(愛別離苦), 원증회고(怨憎會苦), 구부득고(求不得苦), 오음성고(五陰盛苦)의 고통을 이르는 말이다. 살고 늙고 병들고 죽는 것과, 사랑하나 이별하는 고통, 보기 싫으나 봐야 하는 고통, 구하나 얻을 수 없는 고통, 색수상행식(色受想行識: 물질, 받아들이는 모든 느낌, 그에 대해 생각하는 것, 생각 후에 그를 바탕으로 행동하는 것, 그리고 그 결과를 인식하는 것)으로 인한 고통이다. 이 모든 것은 우리의 욕망이 가져오는 고통이다.

이 모든 욕망은 내 마음에서 일어난다. 무엇이 마음인가? 마음은 있는가, 혹은 없는가. 일초에 수십만 번 바뀌는 것이 사람의 마음이라고 한다. 그래서 내 마음은 어디에 있는가. 과거의 마음, 현재의 마음, 상상하는 마음 모두가 내 마음이다. 마음은 매 순간 내가 인식하고 있는 중에 있으며 매 순간 바뀐다. 그렇다면 어떤 마음이 내 마음이라 할 수 있을까? 매 순간의 마음이 내 마음이기도 하고 달라진 마음도 내 마음이다. 어디에 고정된 마음이 없다면 어떻게 마음을 정의할 수 있을까? 마음은 외부의 사물, 사람 등 나 이외의 것과 우리 인식의 기관인 눈, 코, 귀, 혀, 몸, 뜻과 부딪힐 때 생겨나고, 그 느낌은 나의 경험과 기억에 그동안 저장된 것과 결합되어 다시 마음을 만들어낸다.

마음은 늘 파도처럼 세상의 경험을 맞아 흔들린다. 그래서 우리의 고민과 고통도 출렁인다. 과거의 마음은 되돌릴 수 없고 상상하는 미래의 마음 또한 얻을 수 없다. 따라서 여기 지금의 마음이 내 마음이다. 그 마음이 변한다는 것은 당연한 일이다. 나의 상황과 환경이 매 순간 바뀌기 때문이다. 그렇다는 것을 자각하고 지나치게 집착하거나 매달리지만 않으면 된다.

주관에 젖어 있을수록 우리의 판단은 잘못되기 쉽다. 가능한 한 주관(틀)에서 벗어나 객관적으로 보려고 하는 것이 중요하다. 객관이란 그 어떤 상황에서도 나와 그 상황에 어느 정도 거리를 두도록 노력하며, 그 상황을 흘러가는 물처럼 담담하게 바라보려고 하는 것이다. 절대적인 객관이란 불가능하다. 모든 것이 매 순간 변화하는 속에서, 그리고 그 순간을 모든 개인이 느끼고 받아들이는 것이 다를진대 객관이 가능하겠는가.

생각이 바뀌면 느낌이 달라지고 느낌이 달라지면 내가 보고 듣고 하는 모든 것이 달라진다. 우리가 지금 느끼는 감정과 느낌은 지금까지 살아온 습관인 틀(프레임)에서 비롯되는 것이다. 그 틀을 바꾼다는 것은 매우 어렵지만, 사실 그 틀은 내가 의식하지 못하는 매 순간 바뀌고 있다. 사람은 습관의 동물이듯이 한 번 두 번 하다 보면 그것이 습관이 되고 틀이 되는 것이다. 우리는 늘 새로움 속에서 산다. 다만 우리의 틀에 묶여 그것을 보지 못하고 느끼지 못하는 것이다. 모든 일어나는 일은 사실 중립이다. 나의 틀에 따라 좋고 싫은 느낌이 나지만 그것은 나의 느낌일 뿐이다. 나의 마음이 좋고 싫은 것을 만들어내는 것이다. 밖은 아무 일이 없이 돌아가건만 내가 만든 틀, 이런저런 생각이 나를 가두어 색안경을 쓰고 세상을 보는 것처럼 밖의 사정을 제대로 알지 못하게 한다.

우리가 지금 여기 할 수 있는 일은 지금 있는 상황에 집착하지 않고 매몰되지 않으려는 생각을 매 순간 가지도록 노력하는 것이다. 우리가 접하는 매 순간 변화하는 상황에 집착하는 것은 마치 흐르는 물을 맨손으로 막으려는 것처럼 우리가 살고 있는 이 우주의 섭리를 거스르는 것이다. 틱낫한이 『삶에서 깨어나기』에서 말하듯 나를 내려놓고 여기 지금의 모든 것을 느끼려고 노력하는 것이 가장 풍요로운 삶을 사는 비결인 것이다.

여기 지금, 내가 사는 유일무이(唯一無二)한 순간

나는 스스로 정의될 수가 없다. 관계에 따라 정의될 뿐이다. 가정에서는 남편으로, 아내로, 자식에게는 부모로, 부모에게는 자식으로, 사회에서는 속해 있는 조직의 구성원으로 살아간다. 나를 둘러싼 인간 관계에서의 역할 등으로 나의 정체성은 상황에 따라 변한다. 내가 없으면 모든 관계와 상황은 없다. 나에 대한 스스로의 이해가 삶을 살아가는 실존(實存)의 기초이다. 나는 어떤 존재이고 어떻게 살아야 하는가. 그것은 그 누구, 그 무엇이 정하는 것이 아니라 내가 해결해야 할 문제다. 사람이 100년을 산다고 가정해서 하루에 1장의 사진을 찍는다면 일생이 3만 6천 5백 장의 사진에 담길 것이다. 그 중 어떤 사진이 '진정한 나인가?'라는 질문을 받는다면 어떤 한 날의 사진이 진정한 나라고 말할 수 있을까? 이렇듯 나는 끊임없이 변하는 존재다. 매 순간이 나이지만 늘 변해 여기 지금의 나는 다시 되풀이될 수 없는 존재이기 때문에 더없이 귀중한 것이다. 나를 포함한 모든 것이 그렇다. 나는 명사가 아니라 동사이다. 고정된 존재가 아니라 끊임없이 변화하기 때문에 '여기 지금'의 존재인 것이다. 매 순간 변화해 가는 세상에서 나도 상대도 그 무엇도 모두 한순간만 존재한다. 아니 존재라는 말보다 물처럼 흘러가기에 모든 순간이 중요하며 소중하다. 왜냐하면 다시 오지 않기 때문에. 혹 나의 마음에 남겨진 회한이 있다면 지금 그 회한을 내려놓고 빈 마음으로 순간을 살 일이다.

지금 내가 사는 삶은 유일무이한 나만의 세계이자 내가 선택한 세계이기도 하다. 물론 내가 원해서 태어난 것은 아니지만 일단 태어나서 부모의 도움과 배려로 오늘까지 온 것이며, 자기의식이 생기고 스스로 독립된 존재로 자각하며 사는 나의 세계는 내가 선택하고 여러 관계 속에서 스스로 나를 만들어 간다. 따라서 나는 관계 속에서 그리고 상황에 따라 정의될 수밖에 없다.

　　여기 지금이 나의 세계이며, 내가 매 순간 깨어 있을 수 있다면 우리는 황홀한 세계를 살고 있다는 것을 알게 된다. 과거에 대한 생각과 후회, 미래에 대한 걱정 등은 여기 지금의 나에게 아무런 도움이 되지 않는다. 왜냐하면 우리의 생각은 지금 일어나는 것과는 아무런 상관이 없을 수 있기 때문이다. 생각에서 벗어나 여기 지금에 집중할 수 있다면 "나의 존재 자체가 경이(驚異)다."라는 말처럼 나를 포함한 모든 것이 그 자체로 경이롭다. 왜냐하면 모든 것은 지금도 변하고 있고 다시는 지금처럼 존재하지 않을 유일무이(唯一無二)한 순간의 존재이기 때문이다.

여기 지금 깨어 있기

인간은 누구나 태어날 때부터 어떤 조건의 영향 아래 있다. 그리고 살아오면서 겪은 경험과 사고로 인해 나의 생각은 조건화되어 있다. 이것을 우리는 개성, 내가 세상을 살아가는 틀(프레임), 환경이라고 부른다. 이 각각의 성질은 우리가 알든 모르든 우리가 살아왔던 조건에 의해 형성되어 온 것이다. 그런데 이 조건화되어 있는 틀에 의해 현실에 대한 우리의 인식이 왜곡된다. 또 이러한 현실 왜곡은 우리의 판단에 영향을 미친다.

살아오며 형성되고 지금도 형성되고 있는 프레임에 따라 판단이 이루어지기 때문에 판단 왜곡이라는 색안경을 우리는 늘 쓰고 살고 있다. 피할 수 없는 굴레다. 하지만 이 굴레를 잠시라도 내려놓고 바라볼 마음가짐이 필요하다. 여기 지금 깨어 있는 것이 중요한 이유는 어느 정도 나의 조건화된 삶에서 벗어나 여기 지금의 현실을 더 명확히 보고 인식할 수 있기 때문이다. 나의 조건화된 영향을 가능한 적게 받기 위해서는 과거나 미래에 대한 여러 생각을 줄이고 여기 지금에 집중하는 것이 필요하다.

여기 지금 일어나는 일들은 이러저러한 원인(遠因), 근인(近因: 멀고 가까운 원인)으로 당연히 일어나야 하는 일들이 일어나는 것이다. 여기 지금은 우리가 정확히 알지 못하는 과거의 여러 상황과 조건의 결과로 일어나고 있기 때문이다. 여러 상황과 조건들은 긴 시간 혹은 짧은 시간에 걸쳐 형성되고 서로 얽혀 있기 때문에 우리의 인식으로는 정확히 파악할 수 없다. 따라서 나에게 일어나는 모든 일을 그대로 수용하는 자세가 필요하다. 좋은 일이든 나쁜 일이든 일어나고 있는 일은 일어나게 되어 있다. 우리의 능력으로 그 원인을 헤아리지 못할 뿐이다. 여기 지금 일어나는 모든 것을 수용하되 다음에 일어날 일의 원인을 바로 여기 지금 선택하는 것이다. 수용한다는 것은 이미 일어난 일은 그대로 인정하며 받아들이되 그 상황에서 대책을 마련한다는 의미다. 그 선택이 바로 다음에 일어날 일의 여러 가지 원인 중 하나가 될 것이 분명하기 때문이다.

우리가 보내는 모든 시간과 공간은 늘 새로운 것이다. 늘 변하고 있기 때문이다. 나의 몸과 마음, 그리고 내가 마주하는 대상도 매 순간 새롭게 변한다. 생각을 잠시 멈추고 자연을 보라. 우리가 생각에 묶여 있는 동안 사시사철 변화하는 매 순간의 자연을 보라. 내가 찬 돌멩이 하나가 세상의 풍경을 바꾸고 조건을 바꾼다. 정말 그럴까. 내가 찬 돌멩이의 위치가 부는 바람의 방향을 바꾸고 그 바람에 의해 주변 생명체의 바람을 맞는 위치가 바뀌고 그 생명체의 생존 전략이 바뀐다. 우리가 매 순간 하는 모든 동작이 세상을 바꾸는 것이다. 매 순간 나는 늘 주변에 휘둘리는 것이 아니라 나도 세상을 휘두

르고 있다. 피조물이자 창조자인 셈이다.

　새로 돋아나는 새싹, 신록에서 무성한 잎으로 바뀌었다가
가을의 단풍으로, 다시 낙엽으로 떨어졌다가, 새로운 봄이 오
면 새싹을 피워 올리는 나무 한 그루만 보아도 매 순간 자신의
조건에 따라 변화하며 삶을 영위한다. 나무뿐 아니라 자연의
모든 것을 자세히 관찰하면 균형 잡힌 아름다움과 새로움을
느낄 수 있다. 모든 것이 변한다는 사실을 여실히 느낀다면
무엇에 대한 집착과 고통, 타인에 대한 기대와 서운함에서 벗
어날 수 있고, 자연과의 유대를 매 순간 새롭게 느끼며, 무엇보
다 매 순간 나의 삶이 새롭고 경이롭다. 이 매 순간의 새로움을
느끼며 사는 것, 얼마나 행복하고 고마운 일인가.

2부 인간은 어떤 존재인가

인간은 자연계에서 살아가는 모든 존재 중 하나이다. 인간은 이 지구를 떠나서 살 수가 없고 지구 생태계에 의지해 살아가는 존재다. 따라서 인간을 이해하기 위해서는 인간이 살아가는 생태계를 이해하는 것이 중요하다.

138억 년 전에 빅뱅이 일어나 우주가 태어나고 46억 년 전에 지구가 형성되었다고 한다. 현재 천체망원경의 관찰 결과 이 우주에는 태양을 중심으로 하는 약 1,000억 개의 별을 가진 우리 태양계와 그 외에 우리의 태양계와 같은 약 2조 개의 은하계가 있다고 한다. 그야말로 '무한하다'라고 말할 수 있다. 태양과 별은 같다. 다만 거리에 의해 가까운 것은 태양이고 먼 곳에 있는 것은 별일 뿐이다. 우주 전체에서 보면 티끌 한 점도 되지 않는 태양계와 무수한 은하계는 모두 공중에 떠 있다. 지구는 태양을 향해 자전과 공전을 하고 태양계는 또 다른 더 큰 은하계에서 자전과 공전을 한다. 전 은하계의 공전 주기는 2억 5천만 년이라고 한다. 지구 중력으로 인해 우리는 단단한 지상에 뿌리내려 살고 있다고 생각하지만 사실은 모든 것이 공중에 떠서 움직이고 있다.

존재론적인 측면에서 인간은 지구에서 함께 살아가는 다른 모든 생명체들과 다름없는 존재다. 지구라는 같은 환경에서 공존하고 있기 때문이다. 인간과 다른 동물의 유전자는 약 2%

정도만 다르다고 한다. 침팬지와는 99.5% 유전자가 같다. 약 200만 년 전에 직립보행을 한 고대 인류들(호모 에렉투스: 직립인 간)이 있었지만 다 사라졌고, 현생 인류에 대한 유전자 분석을 통해 밝혀진 사실에 의하면 약 15만 년 전에 아프리카에서 호모 사피엔스(Homo sapiens)인 (1974년, 화석 발굴단에 의해 '루시' 라고 명명된) 한 여성으로부터 현생 인류가 출현해 7만 년 전에 전 세계로 분파되어 진화해 왔다고 한다. 지금의 인류는 한 조상에서 여러 갈래로 퍼져 현재에 이른 것이다. 물론 다른 이론도 존재한다. 자연발생적으로 다른 지역에서도 인류는 탄 생했고 존재했다는 것이다. 그렇다면 왜 지금의 호모 사피엔스 만 살아남았을까.

1859년 찰스 다윈의 『종의 기원』이 나오기 전까지 기독교 신학에서 만물은 신의 창조물이라는 것이 서양의 믿음이었다. 르네상스 시기를 거쳐 종교개혁으로 가톨릭의 부패를 거부하 고 그리스도의 정신으로 돌아가자는 개신교의 발흥, 계몽주의 로 인한 인간 이성에 대한 각성으로 인간의 사고는 신 중심에 서 인간 중심으로 이동하게 된다. 근대에 들어 서양이 과학의 힘을 바탕으로 동양을 지배했지만 그 역사는 채 250년도 되지 않는다. 그들의 과학이란 종이, 화약, 활자, 바퀴 등 고대와 중세 동양의 발명에 비하면 그다지 대단한 것도 아니었다. 증 기기관, 전기, 총 등 그들의 발명품은 아라비아 상인들에 의해 전해진 동양의 발명품에 약간의 과학을 첨가한 것에 불과하다고 말할 수 있다.

유발 하라리는 『사피엔스』에서, 진화론적 측면에서 인간의 직립, 불과 도구의 사용, 개개인으로는 미약하지만 이해에 따른 공동 작업, 불의 사용, 언어 사용과 상상력을 통한 신화 창조(돈, 제국, 종교) 등을 통해 많은 사람들이 연대하게 되어, 지금의 인간이 다른 동물들보다 우위에 설 수 있었다고 설명한다. 그는 약 250만 년 전의 수렵채집생활인 원시사회, 약 1만 2천 년 전에 시작된 농업사회, 전기 발명과 컨베이어벨트로 상징되는 산업사회, 컴퓨터로 상징되는 정보사회를 거쳐 이제 인공지능, 사물인터넷, 데이터가 기반이 되어 변화하는 제4차 산업혁명 시대에 접어들었다고 말한다.

산업혁명(1760~1830)이 시작된 지 250년이 채 되지 않아 급속한 과학의 발달로 매 순간이 변화하고 있음을 우리는 절감하고 산다. 그러나 인류의 미래가 어디로 향할지는 아무도 예측할 수가 없다고 한다. 현재 인터넷 매체와 통신망의 발달로 지구 구석구석까지 정보가 생중계되다시피 하며 교통수단의 발달로 세계는 이제 지구촌화되어 있다. 앞으로 기계적인 단순작업이나 단순노동 등은 점차 로봇이나 빅데이터가 처리하게 되어 인간의 일자리는 점차 줄어들거나 없어질 것이다. 앞으로 약

200만 개의 일자리가 생기고 약 700만 개의 일자리가 줄어들 것이라고 전문가들은 예상한다. 그리고 소득의 양극화는 앞으로 더 벌어질 것이라는 예측이다.

한편 여태까지 우리가 겪어 보지 못했던 코비드-19(corona virus disease-19) 시대를 맞아 지금까지의 패러다임이 팬데믹(pandemic: 전 세계적인 유행병) 이전과 이후가 철저히 바뀐 시대를 겪게 될 것이라는 미래학자들의 예측이 나오고 있다. 팬데믹 상황으로 국경 봉쇄와 비대면 체제라는 공황을 겪으면서, 인간은 현명한 판단과 처신으로 살아남지 않으면 지구 공멸이라는 위기에서 빠져나오기 어렵다는 공감대를 갖게 되었다. 또한 전 지구가 타국의 값싼 노동력과 자원으로 저렴한 공산품을 공급받고, 그것이 생산국의 경제 발전에도 도움이 되는, 모든 나라가 윈윈하는 자유무역의 시대에 경고등이 켜졌다. 국경 봉쇄로 인해 자국에서 생산하지 않은 것들은 구하기 어렵게 되자 필요한 모든 것을 자국에서 생산해야 되겠다는 보호무역의 필요성이 대두되어 각 나라가 세계로 열린 문을 닫고, 자국에 유리한 무역만을 선택적으로 취하게 된 것이다.

인류 역사에서 전쟁이 끊이지 않았다지만 최근의 우크라ー러시아 전쟁을 보면서 전 세계 전쟁 물자를 줄이면 기아에 허덕이는 인류가 없을 것이라는 통계를 접하며, 무엇을 위한 전쟁인가라는 회의와 의문이 든다. 우크라이나의 곡물과 러시아의 가스 공급 차단으로 많은 나라에서, 특히 세계강국이라는 독일, 프랑스, 영국에서마저 생필품과 에너지 가격이 급등해 신음하고 있는 현실을 보면서 인간 세계는 여전히 약육강식이라는 의식의 원시적 단계에 머물러 있는 것이 아닌가 생각이 들기도 한다. 이것이 인류가 꿈꾸어 온 세상일까? 우리는 지금까지 살아온 사고 방식과 생활 방식에 대해 반성적으로 재고해 보아야 한다.

나의 몸, 자연적 삶의 존재

'나'는 이 자연계에서 동물이며 다른 동물들과 다르지 않다. 인간은 스스로를 만물의 영장이라고 하며, 자연계를 뜻대로 이용할 수 있다는 자신감을 보이고 있지만, 인간—아닌 자연의 영향을 받고 살아가는 상황에 조금이라도 관심을 갖고 살펴본다면, 그런 생각은 터무니없는 망상일 뿐이라는 것을 알 수 있다. 인간의 욕심에 의한 자연 파괴, 이에 따른 기후 변화와 자원의 고갈, 공기, 수질의 오염 등으로 우리가 먹고 마시는 물과 고기, 물고기, 채소 등이 오염되고 고갈되어 가는 인간 생명의 위기를 생각하면 그동안 인간의 오만과 탐욕이 지구를 얼마나 회복 불능의 상태로 만들어 왔는지를 알 수 있다. 우리는 자연에 철저히 의존하는 삶을 살아가고 있는데도 말이다.

유발 하라리는 『사피엔스』에서 호모사피엔스가 나타나 지구 각지로 퍼져나가는 동안 전 지구 생물종의 60% 이상이 멸종되었다고 말한다. 이는 지구 환경의 변화 때문이기도 하지만, 상당 부분 호모사피엔스의 개입에 의한 것이라는 것이다. 하라리는 인간의 역사를 일별해 보면 생태적으로 발전해 온 것이 아니라 인간 스스로 자멸의 길을 걸어왔다고 기술한다. 농업혁명으로는 인간의 영양학적 빈곤을, 산업혁명으로는 자연의 파괴를 촉진시키는 길을 걸어왔다는 것이다. 그는 농업 이전의 수렵채집 시대에는 다양한 식량군 확보를 통해 인간들이 균형 있는 영양을 섭취해 왔지만, 농업혁명의 정착된 생활로 밀,

쌀 등 한정된 식량만을 섭취하게 됨으로써 영양학적 빈곤 상태가 되었다고 말한다. 또한 농작물 경작을 위해 물을 대야 하고 잡초 등 다른 생물들로부터 농작물을 보호하기 위해 더 많은 노동이 필요했기 때문에 수렵채집의 시절에 비해 노동량이 많아졌으며, 농업사회의 정착으로 생활이 안정되면서 인구가 폭발적으로 증가했다는 것이다. 그리고 그 인구 증가에 필요한 식량 조달에 더 많은 노동이 필요하게 되었다고 한다. 그리고 산업혁명은 천연자원의 과다한 사용으로 자연 파괴의 방향으로 흐르면서 인간의 터전인 자연환경을 파괴하여 결과적으로 인간은 자멸적인 길을 걸어왔다고 진단한다.

지상의 모든 생명체에게는 일정하고 조용한 휴식이 필요하다. 인간도 하루 8시간 정도의 잠을 자야 원활한 활동을 할 수 있다. 이 사실만 보더라도 자연의 리듬에 따라 인간이 살아갈 수밖에 없다는 것은 분명하다. 그리고 잠을 자는 시간도 위치에 따라 다르다. 한국에서 자는 시간과 브라질에서 자는 시간이 다르다. 이는 태양을 중심으로 한 지구의 자전과 공전과 관련이 있다. 인간은 태양이 뜨면 일어나고 태양이 지면 쉬는 상태로 들어간다. 이렇게 '나'는 지구의 환경과 조건에 직접적인 영향을 받고 영향을 주며 살아간다. 나의 몸은 자연의 리듬에 따라 움직이며 자연을 벗어나서 존재할 수가 없다. 그러나 자연이 자기의 터전이며 생명의 원천임을 망각하고 엉망으로 만들어 버린 지금의 사태를 보면 인간은 자멸의 길을 걷고 있는 것이다. 현재 지구의 역사를 24시로 볼 때 인간은 23시 47분에 나타나 불과 13분 만에 지구 생태계를 엉망으로 만들어 그 대가로 스스로 위협받는 존재가 되었다고 과학자들은 말한다.

고려의 나옹 선사는 "청산혜요아이무어(靑山兮要我以無語: 청산은 나를 보고 말없이 살라하고), 창공혜요아이무구(蒼空兮要我以無垢: 창공은 나를 보고 티 없이 살라하네), 요무애이무증혜(聊無愛而無憎兮: 사랑도 벗어놓고 미움도 벗어놓고), 여수여풍이종아(如水如風而終我: 물같이 바람같이 살다가 가라하네)"라는 아름다운 시를 남겨 후대에 회자되고 있다. 인간은 자연에서 태어나 자연에 순응하고 자연으로 돌아가는 삶의 존재라는 내용에 공감하는 사람들이 그만큼 많다는 것이다.

자연은 환경의 변화에 따라 늘 변하며 서로서로 연결되어 영향을 주고받으면서 존재한다. 자연의 일부인 '나'의 몸도 이렇게 존재하며 변한다. 우리 몸은 내가 외부에서 섭취하는 공기, 음식 등에 영향을 받아 위점막은 사흘, 근육과 피부세포는 한 달, 간은 6주, 뼈는 6개월, 뇌세포는 1년이면 완전히 새롭게 바뀌어, 1년이면 우리 세포의 98%가 바뀐다고 현대의학은 밝힌다. 우리 몸은 시시각각 바뀌는 것이다. 우리가 섭취하는 것에 따라서 생각에 따라 자연과 나의 몸은 한 몸으로 움직이고 변화한다. 우리는 자연에 의식주를 자연에 의존하고 산다. 물고기가 물을 떠날 수 없듯이 자연이 곧 인간이 살아가는 터전이며 자연 자체가 나의 삶이다. 약 60조~100조 개에 달하는 우리 몸의 각 세포는 미토콘드리아라는 1mm 내외의 막으로 싸인 것의 총체다. 그 미토콘드리아 각각에서 생명을 위한 활동이 매 순간 이루어지고 그로 인해 우리는 살아간다. 그 속에는 무수한 미생물이 존재하고 우리가 알 수는 없지만 작은 미생물 하나의 변화는 그 미생물에 의존하는 우리의 생존에 영향을 미친다. 또 그 변화는 자연 생태계에 크든 작든 영향을 미친다. 이렇듯 작은 생태계인 나와 내 주변 자연계의 모든 생물은 서로 연결되어 있는 존재이다. 우리는 그 연결에서 벗어나 살 수 없다. 인체 안에서 이 모든 작용이 피를 통해 이루어지듯이 모든 존재는, 그리고 우리 몸의 각 세포는 상호 흐름을 통해 생존한다.

나의 마음, 여기 지금의 의식

마음은 무엇이고 어디에 있는가? 마음과 몸은 분리될 수 없다. 따로 있다면 우리가 죽어도 마음은 어딘가에 따로 존재해야 한다. 요즈음 마음을 의식이라고 바꾸어 말하기도 한다. 최근의 뇌 과학자들은 인간의 마음이란 정교한 기계와 같이 움직이는 뇌의 작용이며 몸과 분리될 수 없다고 규정한다. 몸을 유지하기 위한 신경전달물질의 집합체의 작용이 마음이란 것이다. 뇌신경 구조와 작동은 몸의 신호를 받아 최선으로 몸을 유지하기 위한 사령탑인 셈이다.

지금까지의 과학으로는 뇌의 활동 중 10%만 알려져 있으며, 뇌는 1,000억 개의 뉴런(neuron: 신경단위)과 100조 개의 시냅스(synapse: 뉴런의 연접부)로 연결되어 있다. 시냅스의 전기적 신호와 생명전달물질을 분비하는 뉴런을 통해 뇌가 움직인다. 뇌는 우리 몸의 모든 부분의 신경과 연결되어 무수한 세포들의 신진대사와 지각작용을 관할한다. 시냅스로 연결된 무수한 뉴런은 온 몸이 보내 온 신호를 시시각각 수용 전달하고, 변하는 신호에 대응해 몸을 유지해 가는 것이다. 따라서 '나'의 몸과 마음이 따로 있을 수 없고 마음은 흐르는 물처럼 끊임없이 변하는 조건 속에서 변화해 가는 존재다.

흐르는 물은 늘 흘러가고 있어서, 있지만 매 순간 없다고 할 수 있다. 지나간 물도 오는 물도 같은 물이되 같지 않은 것이다. 마음 또한 그렇다. 그래서 마음은 있는 듯하지만 찾을 수가 없다. 왜냐하면 끊임없는 몸의 변화와 지각 작용에 따라 늘 변하기 때문이다. 내가 지금 여기서 보고 느끼는 것이 지금 '나'의 마음이다.

어떤 이들은 마음은 고대 중국 당나라 때의 표현이고 지금의 관점으로는 의식이라고 부르는 것이 우리의 인식에 더 적합하다고 말한다. 그 의식은 흐름일 뿐 붙들 수도 머물 수도 없다. 프랑스 실존철학자 장 폴 사르트르는 그의 저서 『존재와 무(無)』에서 존재는 외부의 대상인 즉자(卽自)와 인식의 주체인 대자(對自)로 구분하고, 인식이란 대자인 나의 순수의식이 결코 자신을 파악할 수가 없으므로 무가 바탕이며 여기 지금 만들어가는, 다시 말해 실존을 통해 만들어가는 것이라고 말한다. "실존은 본질에 앞선다"라는 명제의 실존철학도 여기 지금을 강조한다. 나는 여기 지금 의식으로 존재한다. 의식은 흐름일 뿐 어디에 따로 존재한다고 말할 수 없다. 늘 변하기 때문이다. 나는 여기 지금에 있지, 과거나 미래에 있는 것이 아니다. 그러므로 여기 지금이 나의 삶이며 나이다.

불교의 초기 경전인 니까야에 '유업보이무작자(有業報而無作者)'라는 말이 있다. 내가 하는 생각과 행동의 결과는 남아서 세상에 영향을 미치지만 그 영향을 끼친 나는 이미 변해서 없다는 말이다. 인간의 몸과 마음은 매 순간 변하기 때문이다. 또 내가 생각하고 말하고 행동하는 모든 것은 내가 사는 생태계에 영향을 미친다. 나로 인해 변하는 생태계는 다시 나에게 영향을 미친다. 그러므로 나는 창조자이자 동시에 피조물인 셈이다. 나와 세상의 모든 존재는 매 순간 서로 연결되어 영향을 주고받는다.

이 세상에서 변하지 않는 확실한 진리가 있다면, 그것은 '모든 것은 매 순간 변한다'는 것이다. 이 사실에는 모든 것이 다 포함된다. 나의 몸, 마음, 의식, 환경 등 모든 것은 늘 변한다. 이것이 나를 포함해 나를 둘러싼 모든 것의 실상이다. 우리의 일상 생활에서 고정되어 변하지 않는 것처럼 생각되는 모든 것은 실상 고정되어 있는 것이 아니다. 다만 우리가 편의상 그렇게 생각하며 살 뿐이다. 우리는 하루를 24시간으로 생각하고 살지만 과학적 사실은 하루는 23시간 56분 정도이며 이것도 늘 변해 평균하여 24시간으로 정한다고 과학자들은 말한다. 지구가 자전과 공전하는 주기(자전 속도: 한반도 중심 초속 350m/s, 공전 속도: 초속 29.77km/s)에 따라 하루, 일 년이라고 말하지만 지구의 자전 속도는 1만 년에 0.2초씩 느려지며 자전은 75억 년 후에 멈추고 태양은 50억 년 후에 사라진다고 예측된다. 또 1700억 태양계가 속한 은하계가 한 번 도는 데 2억 5천만 년이 걸린다고 한다. 움직이지 않는 돌도 그 형태를 유지하기 위해 끊임없이 활동한다는 것이 미립자 물리학이 발견한 사실이다.

다시 말해 모든 것이 고정되어 있지 않고 끊임없이 변하며, 우리의 몸 또한 다르지 않다. 따라서 '나'는 이 세상에서 여기 지금 이 순간에만 존재하는 것이다. 타인도 자연도 마찬가지다. 같은 환경에 살고 있지만 매 순간 생각하며 느끼고 경험하는 바는 모두가 다 다르다. 또 그 누구도 그 어떤 것도 '나'를 대신해 줄 수 없다. 나와 타인 모두가 한 순간에만 존재하는 유일무이한 귀중한 존재인 것이다. 생물학적으로도 인간에게 MHC(Major Histocompatibility Complex)라는 면역단백질이 있는데 이 단백질은 모든 인간이 다 다르다고 한다. 2의 7000제곱만큼 변이가 가능하며 그에 따라 나타나는 변이는 세상의 모래알보다 더 많다는 것이다.

리처드 도킨스는 『이기적 유전자』에서 모든 정자와 난자는 그때그때 다 다르다고 말한다. 따라서 일란성 쌍둥이도 같은 것 같지만 다르다. 일란성 쌍둥이의 모습은 타인이 보았을 때에는 너무 같아 구별하기 어렵지만, 부모는 그 차이를 안다. 또 성장하면서 각기 다르게 경험하기에 각각은 다를 수밖에 없다. 이처럼 모든 존재는 유일무이하다. 매 순간 변화하는 속에서 어떤 것도 비슷할 수는 있으나 같을 수는 없다. 이 세상에 매 순간 같은 것은 하나도 없다는 말이다. 우리 모두가 그렇고 세상에 있는 모든 존재도 그렇다. 모든 것이 유일무이하며 매 순간만 존재한다고 생각하면 된다. 이렇게 말한다고 이 순간을 아무렇게나 살아도 된다는 말은 아니다. 왜냐하면 내가 환경과 상황의 영향을 받고 살고 있듯이 나 또한 환경과 상황에 영향을 주고 살기 때문에 그에 대한 책임이 나에게 있다. 그리고 그 영향은 나와 자식, 주변의 모든 것에 미치는 것이다.

맹자는 인간의 착한 본성에서 흘러나오는 감정을 측은지심(惻隱之心, 仁), 수오지심(羞惡之心, 義), 사양지심(辭讓之心, 禮), 시비지심(是非之心, 智)의 4단(四端)으로 표현하였으며, 중국 고대부터 내려온 『예기』에서는 인간의 감정을 희노애구애오욕(喜怒哀懼愛惡欲: 기뻐하고, 분노하며, 슬퍼하고, 두려워하기도 하며, 사랑을 느끼고, 나쁜 마음을 먹고, 욕심을 내는)의 7가지의 심리 현상으로 논하고 있다. 동양에서 이러한 사단칠정으로 인간의 감정을 바라본다.

매 순간 우리는 어떤 감정에 놓여 있다. 그리고 그 감정은 수시로 바뀐다. 우리의 심리는 우리를 둘러싼 상황과 환경이 매 순간 변화하고 있기 때문에 복잡하고 파악하기란 거의 불가능에 가깝다. 물처럼 흐르기 때문이다. 따라서 어떤 감정이 지속되기를 바라거나 없어지기를 바라는 것 또한 불가능하다. 긍정적 사고와 부정적 사고. 모든 것은 시각의 차이다. 우리가 꿈에서 많은 것을 경험하지만 꿈을 깨면 아무것도 아닌 것처럼. 다만 그 감정을 알아차려 지각하고 그에 끌려가지 않는 것이 중요하다. 좋은 감정이 느껴지면 '좋은 감정이 느껴지는구나', 나쁜 감정이 느껴지면 '나쁜 감정이 느껴지는구나', 어떤 감정이 느껴지지 않을 때는 '아무런 감정이 느껴지지 않는구나'고 알아차릴 뿐, 그 감정에 빠져 헤매지 않으면 그 감정은 당연히 물처럼 흘러 지나가게 마련이다.

우리가 그 순간 기뻐하거나 슬퍼하되 그 감정이 계속되지 않는다는 사실을 알고 있으면 감정에 휘말리지 않을 수 있다. 모든 감정이 다 그렇다. 느끼되 그것을 알아차리고 끌려가지 않으면 나의 평정을 유지할 수 있다. 그 감정에서 빠져나오고 싶은데 빠져나오기가 어려울 때는, 내가 쉬는 숨으로 신경을 집중시킨다. 들이마시고 내쉬는 숨을 세는 것이다. 숨을 쉬고 내쉬면서 하나, 열 번이 되면 다시 아홉으로 하나가 되면 둘로 계속 세는 것이다. 이것을 수식관(數息觀)이라 한다. 그러면 그 감정과 생각에서 빠져나오기 수월해진다.

마음 또한 몸과 다르지 않다. 생각이 일어나지 않으면 마음은 작동하지 않는다. 물론 생각이 없이 살 수는 없다. 다만 문제는 생각에 매몰되거나 끌려 다니는 것이다. 생각은 자기 경험과 느낌을 토대로 한 상상이거나 추측인 경우가 많다. 그리고 그것은 늘 변한다. 실상이라고 생각하지만 실상이 아니다. 다시 말해 있다고도 할 수 있고 없다고도 할 수 있다. 생각 놀음에 끌려 다니지 않고 여기 지금에 집중하여 사는 것이 실상을 사는 길이다. 그 실상 또한 흐르는 물처럼 변한다. 모든 것은 무상(無常: 항상하지 않음)하며 무상 그 자체가 실상(實相: 실재의 참모습)이다.

우리는 상당한 시간을 과거에 대한 후회, 미래에 대한 두려움, 걱정으로 보내는 경우가 많다. 과거는 되돌릴 수가 없고 미래는 아직 오지 않았으니 이런 후회, 두려움, 걱정은 내가 유일하게 쓸 수 있고 선택할 수 있는 소중한 지금을 허비하는 일이다. 과거, 미래에 대한 생각을 하지 않으려고 해도 일어날 때가 많다. 어쩔 수 없는 일이다. 그러나 거기에 끌려가 그 생각에 매몰되지만 않으면 된다. 내가 그 생각을 하고 있구나 하고 알아차리면 된다. 생각을 하지 않으려고 한다고 해서 생각이 일어나지 않는 것은 아니다. 일어나는 생각을 바로 알아차리고 여기 지금에 집중하도록 노력하고 훈련해야 한다.

인간의 인식 체계와 한계

인간의 인식 체계는 우리가 생각하는 것보다 훨씬 부실하다. 진화론적 시각에서 보면 인간은 네 발로 땅을 기어 다니다가 직립보행을 하게 되면서, 시야가 넓어졌고 청각과 후각 또한 인지할 수 있는 공간의 폭이 커졌다. 이러한 기관들은 종래에 비해 지각 공간이 확장되다 보니, 대상을 분명하게 지각하기가 어려워졌다고 한다. 그래서 인간의 신체에서 가장 착각을 많이 일으키는 것이 눈이며 그 다음으로 코, 귀, 입 순이라는 것이다. 그리고 다른 생물들처럼 진화론적으로 자기생존과 번식에 필요한 것만을 발달시켜 왔기 때문에 당연히 인식에 한계가 있을 수밖에 없는 것이다.

먼저 시간과 공간에 대한 우리의 생각을 살펴보자. 우리는 시간을 직선적이고 계량할 수 있다고 생각하고 있지만 사실은 그렇지 않다. 시간은 생활의 편의를 위해 하루를 24시간(고대 수메르인의 6진법, 1년은 360일)으로 나누어 인간이 만든 개념이다. 과학적으로 위도와 경도로 지구를 나누고 해가 떠서 지는 시간을 측정해 인간의 편의에 의해 만들어진 것이지 절대적인 것이 아니다. 아인슈타인의 상대성 원리만 보더라도 시간은 중력과 속도에 따라 달리 측정된다. 또한 심리적 상태에 따라 시간 감각은 개인마다 다르다. 공간도 개인이 보는 관점에 따라 각기 다르게 측정된다. 다시 말해 시공간에 대한 느낌은 모든 개인이 처해 있는 환경에 따라 다르며 절대적인 기준은 없다. 늘 상대적인 것이다.

아인슈타인은 시간과 공간은 추상적이며 실제 존재하는 것이 아니라고 말한다. 또한 시간은 흐르는 것이 아니며 구분을 통해서만 인식이 가능하다고 한다. 다시 말해 내가 어떤 일에 몰두해 있을 때에는 시간과 공간에 대한 의식이 없다는 것이다. 다만 양자역학에서는 측정하는 행위가 시간을 만들며 주체와 객체로 나눌 때만 시간이 흐르는 것처럼 보이는 것이지 시간은 환상일 뿐이라고 말한다. 모든 것에 대해 측정이라는 행위를 할 때, 거리를 두고 나와 타자를 나눌 때만 시간과 공간의 개념이 끼어든다.

까를로 로벨리가『보이는 세상은 실재가 아니다』에서 말하듯, 모든 것이 잠시 잠깐 그대로 존재하는 듯이 보이지만 우리가 사는 세상과 우주는 고정될 수 없는 물리적 구조로 이루어져 있다. 세상은 텅 빈 공간 속에 존재한다. 우주가 공중에 떠 있는 것이다. 현대 물리학에서 분명한 것은 모든 것은 원자로 이루어져 있다는 것이고, 원자는 원자핵, 전자, 중성자, 양성자 등으로 이루어져 있다. 원자핵을 중심으로 다른 것들이 결합되어 있고 전자는 그 주위를 돈다. 전자는 전자기력과 핵력으로 묶여 원자핵 주위를 돌고 있고, 돌고 있는 전자의 개수에 따라 주기율표에서 말한 원소가 다르다.

이 모든 활동도 결국은 텅 빈 공간을 바탕으로 전자는 핵을 중심으로 초당 30만km 속도로 움직이며 그 움직임도 일정하지 않다. 까를로 로벨리에 따르면, 세계는 입자성(계의 상태 정보는 유한하며, 플랑크 상수에 의해 제한된다)과 비결정성(미래는 과거에 의해 하나로 결정되지 않는다. 우리가 보기에 더 엄격한 규칙성조차도 실제로는 통계적이다), 관계성(자연의 사건들은 언제나 상호작용이다. 한 체계의 모든 사건들은 다른 체계와 관계하여 일어난다)이란 세 가지 측면을 갖는다. 다시 말해 사물의 속성은 오직 상호작용의 순간에만, 과정의 가장자리에서만 입자적인 모습으로 나타나고 그것도 오직 다른 것들과의 관계 속에서만 그러하다는 것이다. 그리고 그 속성들은 단 하나로 예측할 수 없으며, 오직 확률적으로만 예측할 수 있다고 말한다.

현대 물리학의 대표적인 입장이라고 할 수 있는 로벨리의 말은 대상의 모든 특성들은 오직 다른 대상과의 관계에서만 존재한다는 것이다. 어떤 것도 그 자체로 존재할 수 없고 상호작용의 과정 속에서만 존재하며 그 과정 역시 예측할 수 없고 다만 확률상으로만 파악이 가능하다는 것이다. 로벨리는 이렇게 말한다. "우리는 파도처럼 그리고 모든 대상들처럼 사건의 흐름입니다. 우리는 과정입니다. 잠깐 동안만 한결같은…." 우리가 보는 나를 포함한 모든 물질은 늘 변하고 있기에 항상성을 추구하거나 그대로 있을 것을 바라는 것은 애초에 불가한 것이다. 엄밀히 말해 아무것도 정해진 것은 없다. 모든 것은 조건에 따라 달라지는 것이다.

인간은 생각 속에서 하루의 상당 부분을 보낸다. 생각이란 무엇인가. 살아 감각한다는 말인데 그 내용을 보면 나의 생각은 여기 지금 형성된 것이 아니다. 현재 느끼고 감각하는 것으로 여겨지지만 사실은 지금까지 내가 살아오면서 학습하고 그 학습에 기초해서 이루어지는 것이기에 실제의 것이 아니라 나의 틀로 해석한 것이다. 그리고 그 프레임 또한 지금의 환경과 조건에 따라 조금씩 변화한다. 다시 말해 현실 그대로를 파악할 수 없으며 다만 지금까지 형성되어 온 나의 틀로 해석한 것이다. 따라서 지금의 생각은 나의 틀에 의해 해석된 왜곡일 가능성이 크다. 그 왜곡에 의한 판단은 착오를 가져오고 그 결과 나의 생각과는 달리 잘못된 것일 가능성이 크다. 생각도 조건에 따라 늘 달라진다. 어제 옳다고 생각했던 일이 오늘 그렇지 않고 얼마 전의 절망이 지금은 희망으로 바뀌는 일도 허다하다. 이렇듯 내가 느끼고 생각하는 것이 실제와 다를 때가 많다. 생각과 실제의 거리가 많이 떨어져 있을수록 우리는 현실을 제대로 파악하기가 어려울 뿐 아니라 왜곡이 심해진다. 생각과 실제가 극단적으로 멀어질 때 이를 정신질환이라고 부른다.

판단 왜곡을 줄이는 방법은 딴 생각 없이 여기 지금 내가 하고 있는 일에 집중하는 것이다. 가능한 한 생각을 줄이고 여기 지금에 집중하게 되면 세상을 보는 시야가 조금씩 바뀌고 세계관과 인생관에 대해서도 큰 변화가 일어난다. 세상을 더 넓고 깊이 바라볼 수 있게 되는 것이다. 우리는 생각에 갇히는 경우가 많다. 과거의 일을 회상할 때 우리는 그 일이 내가 지금 생각하듯이 분명하다고 느끼지만 그 회상은 지금 하고 있는, 다시 말해 지금의 나의 입장에서 나의 생각으로 회상하고 있기에 사실은 그 과거가 아니다. 그 회상은 즐거운 것이든 괴로운 것이든 일종의 허상이다. 또 그 회상에 젖어 있을 때 생각이 꼬리를 물고 그 허상 속에 빠져든다. 과거에 대한 것이든 미래에 대한 것이든 생각에 빠져드는 것이 곧 생각에 갇히는 것이다. 갇힌다는 것은 여기 지금을 살지 못한다는 말이다. 우리에게 중요한 것은 언제나 현재이지 과거나 미래가 아니다. 과거는 이미 흘러갔고 미래는 아직 오지 않았기 때문이다. 오직 현재만이 우리를 자유롭고 행복하게 해줄 수 있다.

인간은 오감(눈, 코, 귀, 입, 몸)을 통해 인식하고 그 인식한 바를 과거의 경험과 비교 분석하여 현재 느끼고 판단한다. 오감은 대단히 상대적이고 유동적이어서 신뢰하기가 어렵다. 뿐만 아니라 느낌, 몸의 상태, 경험, 상황에 대한 판단 등에 따라 달라질 수밖에 없다. 동시에 인간의 몸, 경험, 판단은 시시각각 변하기 때문에 정해져 있는 것은 아무것도 없다. 흐르는 물처럼 끊임없이 변하는 것이다. 오감으로 들어온 감각과 느낌을 의식으로 분별하여 판단하며 그 판단의 근거는 그동안 우리의 무의식에 저장되어 있는 것과의 비교 분석이다. 그 판단은 우리 행동의 근거가 되고 다시 무의식에 저장되어 작동한다. 따라서 모든 사람들은 똑같은 물질과 상황에 대해 다르게 느끼고 생각할 수밖에 없다. 이것이 우리의 인식 체계이자 한계다. 다시 말하면 우리가 감각하는 모든 것은 나의 역사의 반영이자 지금의 경험에 따라 매 순간 새롭게 변하는 것이다.

우리가 모든 것이 있는 그대로인 것처럼 느끼는 것은 우리의 감각이 예민하지 못해 그 변화를 감지하지 못하는 것뿐이다. 특정한 것에 마음이 묶여 있다면, 다시 말해 마음이 안정된 상태로 현재에 깨어 있지 못하면, 정신이 딴 곳에 팔려 있으면 보되 보지 못하고 듣되 듣지 못한다. 어떤 일을 하면서 딴 생각을 하고 있으면 그 일도 제대로 못하고 그 생각 또한 온전히 할 수 없다. 따라서 우리는 늘 열린 마음으로 지금 여기 깨어 있어야 한다. 현재의 상황을 생생하게 알아채고 있는 상태가 '깨어 있음'의 상태다. '깨어 있음'은 변화하면서 흐르고 있는 여기 지금에 집중하여 나의 상태를 알아채고 있는 것이며, 지금 하는 일이 삶의 전부인 것처럼 그것에 집중하는 것이다. 이것이 우리에게 주어진 정해진 시간과 공간을 온전히 느끼며 살 수 있는 방법이다.

　나의 존재란 매 순간의 행위 속에 존재하는 것이지 관념으로 존재하는 것이 아니다. 그러나 우리는 '나'를 관념으로 존재한다고 생각한다. 실재적인 '나'는 언제나 존재하고 있는 것으로 여기지만 실상은 매 시간 다른 '나'이기에 '나'의 존재는 여기 지금 내가 하고 있는 생각, 말, 행동 속에 존재할 뿐이다. 있지만 없다고도 말할 수 있다. 흐르는 물처럼 늘 변화하는 조건 속에서 존재하기 때문이다. 잔디밭을 유지하기 위해서는 끊임없이 자라나는 잡초와 날아오는 민들레 홀씨나 풀씨 등의 관리가 필요하듯이, 우리의 정체성을 유지하기 위해서도 많은 노력이 필요하다. 늘 변화하기 때문이다. 사실은 불가능한 일이지만 많은 사람들은 끊임없이 변하는 나를 변하지 않는 나로 막연히 생각하고 산다. 사실 어제의 나와 오늘의 나가 다른데도 불구하고 말이다.

3부 행복의 발견

누구나 자유롭고 행복하게 살기를 바란다. 행복감은 감사하는 마음에서 비롯된다. 우선 내가 누리고 살고 있는 것에 대해 조금만 관심을 가진다면 감사하다는 느낌을 가지지 않을 수 없다. '나'는 '나-아닌' 것으로 이루어져 있고 유지된다. '나'의 몸은 끊임없이 공기를 들이마시고 내쉬어야 하고, 마셔야 하고, 먹어야 하고, 입고, 신고 필요한 모든 것을 '나-아닌' 것을 소모해야 살아갈 수 있다. 따라서 '나'의 정체성을 유지하기 위해서는 '나-아닌' 것에 의지해야 한다. 이렇듯 '나'는 '나-아닌' 것과의 관계 속에서 살아간다는 인식은 감사의 마음을 갖지 않을 수 없게 한다.

된장국 한 그릇만 생각해 보더라도 된장, 파, 호박, 양파, 물, 멸치, 다시마 등이 성장하고 만들어진 과정, 수확과 유통, 그리고 된장국을 끓여준 사람이 있어야 한 그릇의 된장국을 마주할 수 있다. 콩이 크는 과정에는 햇빛, 물, 바람, 흙이 있어야 한다. 다른 재료들도 마찬가지다. 한 그릇의 된장국에는 온 세상과 그에 관계된 사람들의 수고가 다 들어 있다. 상호의존하며 연결되어 있는 것이다. 이것이 나를 유지하는 인연이다. 이렇듯 '나'는 '나-아닌' 인연들로 생존하고 유지되고 있다. 따라서 '나'에게 오는 모든 인연을 감사하게 생각하고 정성껏 대해야 한다. 모든 음식을 대하면서 이 점을 생각하면 '나'는 감사한 마음으로 그 음식을 대할 수 있고 행복을 느낄 수 있다.

이런 관점으로 음식, 사람, 그리고 세상을 대하면 늘 감사함을 느끼게 된다. 감사하는 마음이 행복의 근원이다.

감사의 마음은 우리 가까이에 있는 사람들, 물건들에 대한 고마움을 느끼는 데서 시작된다. 있는 그대로를 온전히 받아들이면, 피하려 하거나 집착하지 않으면, 여기 지금 깨어 있을 수 있다. 여기 지금 깨어 있으면 과거나 미래의 망상에서 벗어나 여기 지금을 한껏 향유할 수 있다. 푸른 하늘, 구름, 나무, 바람, 햇빛 등을 늘 곁에 두고 살지만 딴 생각을 하고 있을 때는 그것을 볼 수도, 느끼고 향유할 수도 없다. 늘 마음을 내려놓고 자신을, 주변을 다른 생각 없이 볼 수 있을 때 비로소 나를 둘러싼 모든 것이 눈에 들어오고 느껴진다.

나의 마음이 평온하게 안정되어 있을 때 모든 것이 바로 보인다. 내가 평온할 때 다른 이들을 평온하게 해줄 수 있다. 다시 말하면 나의 행복이 다른 이들의 행복이다. 안정되고, 집중되며, 동요하지 않고, 산만하지 않으며, 고요하고, 흩어지지 않은 생각을 한편으로 깨어 있는 마음이라고 한다. 그리고 지금 내가 하는 일에 집중하고 그 일을 즐긴다면 나의 매 순간순간이 행복할 수 있다. 그것이 계속된다면 나의 인생은 행복할 것이다. 내가 평온하고 행복한 것이 세상을 평온하고 행복하게 만드는 것이다. 왜냐하면 내가 평온하고 행복하면 다른 사람들에 대한 나의 말과 행동도 그런 상태에서 이루어질 것이기 때문이다. 여기 지금 깨어 있기 때문에 여기 지금을 만끽할 수 있는 사람은 딴 생각에 젖어 행동하는 것과는 천양지차로 실수를 줄일 수 있고, 나의 좌표를 정확히 볼 수 있으며, 지금 내가 하고 있는 일에 훨씬 더 집중할 수 있어 풍요롭고 효율적이며 정확히 분별하는 삶을 살아갈 수 있다.

인간 관계의 오해

인간은 사회적 동물이라고 흔히 일컬어진다. 그것은 무리지어 더불어 산다는 말이다. 혼자는 살 수 없는 존재. 여기에서 타자와 나와의 관계가 고려된다. 혼자 산다는 것도 먹고 마셔야 산다. 다시 말해 물과 먹거리가 있어야 살기 때문에 나 스스로 혼자 산다는 것은 불가능하다. 내가 먹는 것은 동물이든 식물이든 생명체다. 따라서 나는 '나-아닌' 존재를 흡수하며 삶을 영위한다. 스스로 살 수 있는 존재가 아닌 것이다.

이 지구의 생명체는 서로서로 자신의 일부를 내어주고 받으며 삶을 영위한다. 여기에서 내가 혼자 살든 같이 살든 사람이 따르고 지켜야 하는 도덕이 등장한다. 노자(老子)는 『도덕경(道德經)』에서 도(道)와 덕(德)을 말하길, 도는 자연의 이치이며, 덕은 자연의 이치에 따라 사는 것이라고 말한다. 자연(自然)이라는 뜻은 '스스로 그러하다'라는 말이다. 즉 도에 따라 사는 것이 덕이며, 덕은 자연에 따라 사는 것이다. 81장에 이르는 『도덕경(道德經)』은 유약함이 강함을 이기며 늘 자신을 낮추고 부드럽게 처신하는 것이 도에 가깝다고 말한다. 그것이 자연이 스스로 살아가는 방식이기에 사람이 사는 환경에서 가장 잘 살 수 있는 방법이라는 것이다. 어려운 말이다.

모든 것은 끊임없이 변한다. 우리의 모든 생각은 여기에서 출발해야 한다. 인간 관계(가족, 결혼, 사회생활 등)도 끊임없이 변하고 있기에 그 관계를 유지하기 위해서는 노력이 필요하다. 그런데 너무 가깝게 생각하고 상대가 다 이해할 것이라고 생각하기에 오해가 생긴다. 모든 사람은 독립체이자 '나'처럼 계속 변한다는 사실을 망각하고, 상대방이 늘 그대로일 것이라는 착각을 하기 때문에 인간 관계가 삐걱거리게 되는 것이다. 상대에 대한 존중과 이해가 인간 관계의 핵심이다. 물론 그 관계를 유지하느냐 마느냐는 전적으로 '나'의 선택에 달려 있다.

다시 말해 모든 선택은 '나'의 행복을 위해서이다. 무엇이 '나'의 행복일까? 관점과 가치관에 따라 행복의 개념은 달라진다. 우리는 각자 '나'의 행복을 꿈꾸고 그것을 나에게 해주기를 타인에게도 바란다. 나는 타인의 행복을 위해 노력하지 않으면서 남이 내가 원하는 대로 해주기를 바라는 것은 어리석은 일이며 '나'를 죽이는 것과 같다. 왜냐하면 산다는 것은 움직이고 변하는 것인데 나의 생각은 그대로 멈춰서 남에게도 멈춰 있기를 바라는 것이기 때문이다. 가고 오는, 'give and take'가 자연의 흐름이며 이치다.

삶은 죽지 않는 한 멈추지 않는다. 그래서 살면서 무언가에 멈춰 있다면 사는 것이 아니다. 우리의 몸과 마음도 마찬가지다. 삶은 끊임없는 활동이며 흐름이며 변화다. 우리 몸과 마음의 활동을 우리의 감각으로 알아채지 못해 그대로 고정되어 있다고 느끼는 것뿐이다. 이러한 사실에 깨어 있다면 매 순간 변화하는 몸과 마음 그리고 자연의 변화를 느낄 수 있다. 그로 인해 나와 타인 그리고 인연, 자연의 소중함을 알게 되고 느끼게 된다. 왜냐하면 모든 순간이 유일무이한 것이고 다시 반복되지 않는 순간이기 때문이다. 이런 관점에서 우리가 매 순간을 산다면 감사하고 기쁘게 살지 않을 수가 없다. 동시에 우리가 들이마시는 숨, 먹는 음식, 입는 옷, 거주하는 집 등 우리가 사는 환경은 우리가 만들지 않았다. '나'는 이 지구상에 사는 혹은 존재하는 모든 것과 연결되어 있고 서로 의존하며 살고 있다.

우리가 처한 상황 속에서 어떻게 사는 것이 잘 사는 것이며, 우리의 인생이란 어떤 것인지에 대한 통찰은 삶의 모든 방향 설정과 행복에 중요하다. 우리가 사는 자연계의 모든 생명체는 서로 의지하고 연결되어 있으며 자연의 환경 변화에 따라 생존과 번식을 위한 진화와 변화를 거듭해 왔다.

언어는 최소한의 소통 도구

우리는 언어로 사고하고 서로 소통한다. 언어는 우리들의 약속이라는 틀 속에서 작동한다. 다만 최소한의 소통일 뿐이다. 왜냐하면 언어가 표현하지 못하는 많은 영역들이 존재하기 때문이다. 예를 들면 마음이나 감정은 언어로 표현하기에는 그 깊이와 폭이 매우 깊고 넓다. 또한 약간만 깊이 들어가면 언어에 대한 각 개인의 개념도 다 다르며 상황에 따라 달리 해석될 여지도 많다. 우리 속담에 "아 다르고 어 다르다."라는 말이 있다. 같은 내용의 말이라도 표현하는 방법에 따라 듣는 사람의 기분이 달라진다는 뜻이다. 이러한 언어의 한계에도 불구하고 우리가 가진 소통의 도구는 많지 않기 때문에 우리는 언어에 의존해 산다. 그러나 모든 것이 변하는 상황에 따라 새로 생겨나는 단어, 표현들이 있는가 하면, 원래 있었던 언어 또한 그 의미와 내포하는 뜻이 시대에 따라 달라지기도 한다. 따라서 언어에 묶이는 것은 현명치 못하다. 의사소통의 도구로 사용하지만 그 언어에 묶이는 것은 스스로 구속되는 것이다.

우리가 갖는 생각은 모두 가상이며 추상적이다. 언어의 속성이 그렇기 때문이다. 우리는 주어와 술어라는 언어 체계로 소통한다. 그러나 이 체계는 상당한 모순을 내포한다. 불교의 이론적 체계를 확립했다는 용수는 『중론(中論)』에서 언어 체계의 모순을 지적한다. 예를 들면 "비가 내린다", "꽃이 핀다" 등을 보면, 비가 있어서 내리고, 꽃이 있어서 핀다는 의미가 된다. 내리지 않는 것도 비라고 할 수 있고, 피지 않는 꽃도 꽃이라고 할 수 있는가. 비는 내림 속에, 꽃은 핌 속에 있는 것이지 따로 있어 그것이 내리고 피는 것이 아니다. 이처럼 우리는 무엇이 있어 그것이 ~한다고 생각하고 말한다. "불이 탄다"는 말은 무엇을 연료로 탄다는 의미이지 불 자체가 스스로 존재하는 것이 아니라는 말이다. 이렇듯 상호의존적인 관계에서 '무엇'이 존재하는 것이지, '무엇'이 독자적으로 존재하는 것이 아닌 것이다. 조금만 깊게 생각해 보면 엉성한 토대를 마치 단단한 토대로 생각하며 우리는 살고 있다. 이렇듯 우리의 사고 체계는 어떤 존재를 상정하고 그 존재가 고정되어 있다고 전제한다. 그러나 모든 것은 시시각각 변화하고 있으며 그 변화는 어떤 조건에 따라 일어나는 것이다. 다시 말해 고정된 실체는 아무것도 없다.

내 말을 다른 사람이 제대로 알아듣는 경우는 사실 희박하다고 할 수 있다. 왜냐하면 지시적 언어는 서로 소통이 되지만, 감정적이고 함축적인 언어에 대한 이해는 서로 다르기 때문이다. 개인마다 그 언어를 받아들이는 환경과 조건이 다르기 때문에 같은 말이라도 각 개인이 체감하는 의미는 다를 수밖에 없다. 다만 언어는 사회활동을 통해 그 의미가 다듬어져 비슷할 뿐이며, 같은 시대를 사는 사람들일지라도 상호간에 정확한 의미 전달은 어려운 일이다. 그런 언어의 한계를 생각해서 의

사소통 과정에서 감정과 상황에 대한 공감을 키워가는 노력이
필요하다. 세상에 완벽이란 없다.

타자의 자유가 나의 자유

리처드 도킨스의 『이기적 유전자』에 의하면 이 세상 어디에 살고 있든 모든 인간은 혈연 관계에 있다. 모두가 친척인 셈이다. 모두 한 조상에서 나왔으며 유전자의 입장에서 보면 우리는 한 번도 죽은 적이 없다. 유전자가 우리에게 도달한 것은 그 윗대의 조상들이 계속 끊임없이 존재했기에 가능한 일이라는 것이다. 생물학적으로는 그렇다고 해도 이제는 서로 타인들로 살아간다. 따라서 상대에게 민감한 부분이나 신념의 부분은 대화의 주제로 삼지 않는 것이 좋다. 그것이 자칫 서로 다른 생각과 신념의 전쟁터가 될 수 있기 때문이다. 다만 자기 의견을 개진하되 상대의 의견도 진지하게 듣고, 일치하지 않는다면 그 의견 그대로 인정하고 놓아두는 것이 현명하다. 모든 사람의 의견이 다르다는 것을 인정하는 것이 슬기로운 일이다. 그러나 어떤 결과를 도출해야 하는 상황이라면 상대의 의견을 충분히 듣고 그에 대한 반론 등을 통해 어떤 결론을 내릴 수밖에 없다. 모든 감정은 우리의 내면에서 느끼는 것이고 밖에서 오는 것이 아니다. 하지만 우리는 화를 내거나 기분이 나쁜 이유를 모두 외부에서 찾는다. 내 탓이 아니라 남의 탓인 것이다. 정말 그럴까. 상호작용이라 해도 내가 어떻게 받아들이는가에 따라 그 느낌은 달라진다. 내가 그들을 이해하는 정도와 깊이에 따라 내가 느끼는 바는 다르다.

인간 관계에서 가장 기본적인 태도는 타자의 세계는 나의 세계와 다르다는 것을 인정하는 것이다. 그리고 그 타자의 세계를 이해하려는 태도가 원만한 대인 관계의 시작이다. 동시에 모든 인간은 연결되어 살아가고 있다는 인식을 갖는 것이다. 우리는 상대를 잘 안다고 가정하지만 나 자신도 모르는데 어떻게 상대를 알 수 있을까. 인간은 43개의 안면근육으로 자신의 상황을 표현한다고 하고, 어떤 학자는 그 표정으로 그 사람이 어떤 상태인지를 알 수 있다고 주장하기도 한다. 그러나 우리가 타인과의 관계에서 어떻게 상대를 파악하고 살고 있는가에 대한 최근의 연구에 따르면 타인을 해석하는 데 우리는 매우 서투르다는 것이 정설이다. 진실 기본값 이론(상대를 진실하다고 믿는 것)이 그렇고, 알코올의 근시 이론(시야와 사고의 범위가 좁아져 가까운 것에만 집중하게 된다는 것)이 그렇다.

타인과의 관계는 우리와 자연과의 관계보다 복잡하다. 자연과의 관계는 감정상 멀리 떨어져 있어 우리가 적응하기에 따라 달라지지만, 인간 관계는 나와 상대라는 변화무쌍한 두 인격체 사이에서 이루어지기 때문이다. 우선 나의 성격과 생각을 살펴보는 것이 중요하다. 왜냐하면 자극과 반응에서 자극의 강도를 받아들이고 반응을 어떻게 하느냐는 나의 성격과 생각에 따라 많이 다르기 때문이다. 내게 완충 장치가 있으면 외부의 충격을 완화할 수 있고 그에 따라 내가 원하는 바대로 말이나 행동을 제어할 수 있다. 최소한 최악의 결과에서 벗어날 수 있다.

감정적인 말이나 행동은 대부분 결과가 좋지 않다. 이러한 말이나 행동은 어떤 감정에 사로잡혀 유동적이고 일시적인 상태에서 발생하기 때문이다. 그러나 그 일시적인 상태는 매 순간 달라지기 마련이다. 모든 관계에서 먼저 나의 감정이 편안하면 대부분은 최선의 결과를 가져올 수 있다. 여유가 있기 때문이다. 그렇지 못할 경우에 나의 불편함과 상대의 불편함이 상승작용을 일으켜 관계가 틀어지는 일이 많다. 따라서 좋은 인간 관계의 출발은 항상 나 자신의 평온함이라는 것을 명심해야 한다.

이는 결국 나의 평정과 편안함을 어떻게 유지할 것인가의 문제로 돌아온다. '나'는 모든 존재와 연결되어 의지하고 살아가는 존재란 점을 잊지 않는다면 인간 관계에서 받는 충격은 많이 완화된다. 나의 평정은 마음가짐에서 온다. 모든 것은 매 순간 일어났다 사라지며 영원한 것은 없다는 것과 나는 모든 것과 연결되어 살아가는 존재라는 것을 늘 마음에 새긴다면 어떤 변화나 일에도 집착해서 받는 고통에서 벗어날 수 있다. 학습(學習)이라는 말에서 '學'은 배우는 것이요, '習'은 내 습관이 되게 한다는 것이다. 어렵더라도 이런 생각을 습관화해야 한다. '나'가 지금까지의 경험과 사고 방식, 습관에 끊임없이 영향을 받아온 것처럼 '나'의 습관은 지금도 형성되고 있다. 다시 습을 통해 '나'의 습관을 바꾸어야 한다. 그 습관에 따라 나의 인생이 전개되어 왔고 전개되며 전개될 것이다. 습관이 곧 나의 삶이다.

  내가 만나는 상대가 나를 불편하게 할 때, 그에게 '말 못할 어떤 사정이 있겠지'라고 먼저 생각한다면 서운한 감정을 누그러뜨릴 수 있다. 사실 '나'는 그 상대가 아니기 때문에 상대가 처한 사정을 거의 모른다고 해도 과언이 아니다. 그러나 우리는 대부분 모든 것을 '나'의 잣대로 판단하며, 내가 상대를 제대로 이해하지 못할 수도 있다는 생각은 하지 않는다. 상식의 관점에서 보더라도 모든 사람이 그 상식에 입각해 살아가야 하는 것처럼 보이지만 상식 또한 개인의 세세한 부분까지 이해할 수는 없다. 상식은 더불어 살기 위한 하나의 테두리일 뿐이다. 우리는 모든 이의 삶이 각기 하나의 세계라는 것, 그 각각의 세계를 이해할 수 없다는 한계를 자각하며 최소한의 예의, 도덕과 상식선에서 관계를 맺고 살아야 한다. 모두가 영향을 주고받으며 살고 있기에 공동체가 살아야 개인이 살고 개인이 살아야 공동체가 산다. 모두가 자유롭지 않은 한 개인은 자유로울 수 없고, 개인이 자유롭지 않은 한 모두가 자유로울 수 없다는 사실을 인식해야 한다. 자타가 한 몸인 것이다. 이것은 자연과 타인과의 관계에서 '나'가 잊지 않아야 할 사실이다.

부부는 감사와 사랑의 관계

지금도 아내에게 정말 미안했던 기억이 있다. 딸애가 세 살쯤이고 아들이 아직 뱃속에 있을 때였다. 우리는 맞벌이를 했기 때문에 낮 시간 동안 아이를 맡길 수 있는 처가댁 근처의 아파트로 이사를 했다. 아내는 매일 아침 처가댁에 딸애를 맡기고 출근을 했다. 처가댁으로 가는 지름길인 아파트 뒷길은 가파르고 허술한 시멘트 계단으로 눈이 오면 매우 미끄러웠다. 아내는 바쁜 시간을 아끼기 위해 그 길을 택해서 오갔을 것이다. 눈이 많이 내린 날도 아내는 한 손에 딸애의 손을 잡고 다른 한 손에 출근 가방을 들고 만삭의 몸으로 그 길을 오르내렸다. 언젠가 한번 눈 내리는 그 길을 함께 갔을 때 나는 마음이 몹시 아팠다. 미끄러운 눈길에 아내가 만삭의 몸으로 딸애의 손을 잡고 조심조심 계단을 내려가는 모습을 생각하면 지금도 미안하다. 이런 때가 한두 번이었을까.

결혼이 필수는 아니지만 인간 관계의 관점에서 보면 부부는 가장 가까운 인간 관계라 할 수 있다. 부부는 '피 한 방울 섞이지 않은' 완전한 타인이면서 사랑으로 맺어진 인생의 반려다. 평생을 함께 의지하고 살아가는 관계인 것이다. 부모, 형제, 자식과는 달리 '피 한 방울 섞이지 않은' 관계이기 때문에 서로를 신뢰하며 삶의 기쁨과 고통을 함께하겠다는 마음과 각오가 없다면 결혼 생활은 어렵고 실망스럽다. 서로에게 의지한다는 것은 상대에게 뭔가를 바란다는 것이 아니다. 타인에게 뭔가를 바라는 것처럼 어리석은 일은 없다. 바라면 실망하고 실망하면 서운하다. 상대가 '나'는 아니다. 내가 '나'의 세계에서 살고 있는 것처럼 상대도 자신의 세계에서 살고 있는 것이다. 다만 그 다름을 서로 인정하면서 서로 의지하는 것이다.

부부란 가장 가깝고도 가장 먼 사이라고들 한다. 가장 가깝기에 더욱 조심하고 세심하게 대해야 한다. 가까울수록 예의를 지켜야 한다는 말은 부부 관계에 적절한 금언이다. 서로에 대한 존중과 이해가 부부 사이에서 가장 중요하다. 이해가 없는 사랑이란 없다. 이해하기 위해서는 내가 상대의 입장에서 살피고 생각해야 한다. 부부는 서로 독립적인 인간이다. 내가 독립적인 '나'인 것처럼 상대도 독립적인 자신이라는 점을 늘 염두에 두어야 한다. 예의란 인간 관계를 원만하게 유지하는 필수적인 수단이다. 예의는 상대를 독립적인 존재로 존중하는 것이다. 가깝다고 함부로 대하는 것은 자신을 학대하는 것이나 다름없다. 늘 이 점을 많은 부부들이 잊고 산다. 부부는 서로 의지하며 살아가는 관계이지, 소유의 관계가 아니다.

부부간의 대화는 늘 중요하다. 같은 언어를 쓴다고 해서 모든 사람이 그 언어를 나처럼 이해하고 있지는 않다는 것을 알아야 한다. 지시적이고 사실적인 언어에 대한 이해는 거의 같지만 조금만 깊이 들어가면 각자의 언어가 내포하고 있는 개념이 다르다는 것을 이해해야 한다. 언어의 개념은 각자의 삶의 궤적에서 형성되는 것이기 때문에 그렇다. 부부간의 대화에서도 이 언어의 간극을 완충지대로 감안해 어느 정도의 여유를 두어야 원활한 대화가 가능하다. 가화만사성(家和萬事成)이란 말이 있다. 가정이 편해야 모든 일이 잘 풀린다는 말이다. 가정이 편하지 않으면 마음의 평정을 가질 수 없고 마음의 평정은 판단력과 인간 관계에도 영향을 미친다. 또한 부부간의 불화는 아이들, 양가 부모님들, 형제들에게 누를 끼치는 일이기도 하다. 결혼 생활이란 양가 가족이 다 연결되어 살아가는 관계이기 때문이다.

OECD 국가 중 여성의 사회참여율이 가장 높은 편에 속하는 스웨덴은 가족복지제도가 잘 구축되어 있고, 양성평등이 실현되고 있으며 출산율이 높은 나라이다. 이러한 제도의 가정적 실천은 가사분담이다. 스웨덴에서는 부부가 가사와 육아를 절반씩 담당한다는 인식과 실천이 자연스럽고, 그것이 법으로도 제정되어 있다고 한다. OECD 국가 중 꼴찌인 한국의 출산률은 역시 OECD 국가 중 최하위에 속하는 남성의 가사분담률과 깊은 상관관계가 있는 것이 아니겠는가. 가사일은 사실 끝이 없고 티도 나지 않는다. 그것은 가사를 전담하고 있는 주부에게도, 맞벌이 여성에게는 더욱 짐이 되는 일이다. 가정을 함께 이루고 있는 남편은 마땅히 그 짐을 나누어야 한다. 그러나

'이것은 내가 했으니 저것은 네가 해라'가 되다 보면 마찰이 일어날 수밖에 없다. 어떻게 가사일을 50:50으로 딱 자를 수 있겠는가. 그때그때 할 수 있는 사람이 하면 되고, 내가 할 수 없으면 그대로 두라. 시간이 지나도 되어 있지 않으면 내가 할 수 있을 때 하라.

부부는 소유의 관계가 아니며, 사랑 또한 소유가 아니다. "사랑은 오래 참고 사랑은 온유하며 시기하지 아니하며 사랑은 자랑하지 아니하며 교만하지 아니하며 무례히 행하지 아니하며 자기의 유익을 구하지 아니하며 성내지 아니하며 악한 것을 생각하지 아니하며……"라는 고린도전서 13장의 말씀을 깊이 생각하면 사랑은 매우 어려운 일이다. 이는 사랑에 대한 나의 태도를 말하는 것이기 때문이다. 이 사랑은 모든 사람, 모든 것들을 대할 때 우리가 가져야 할 덕목이다. 왜냐하면 '나'는 '나-아닌' 것으로 이루어져 있고 유지되기 때문이다. 감사와 사랑은 행복하게 살아가는 데 필수적인 요소이다.

공동체와 공감하고 함께 성장하는 아이

인간이 지닌 10만 개의 유전자 중 93%는 부모(50:50)와 같다고 한다. 그리고 부모와 다른 7%의 유전자가 대략 7,000개의 다양성을 만들어낸다는 것이다. 이 개별성의 조합은 환경과 경험에 따라 천차만별의 개성이 된다. 요즘은 자녀들을 적게 낳다 보니 대부분의 아이들이 과보호를 받고 자란다. 맞벌이 부부는 맞벌이 부부대로 아이와 시간을 보내지 못해 미안한 마음을 보상이라도 하듯 과하게 아이에게 관심을 쏟는다. 바쁜 부모일수록 아이에 대한 과잉 관심과 환대로 부모 노릇을 대신하고 안심한다. 그리고 그런 부모일수록 '내가 너를 어떻게 키웠는데'라며 아이에게 요구가 많아진다.

아이가 살아가야 할 세상은 부모가 살아왔던 세상과는 당연히 많이 다르다. 나의 뜻대로가 아니라 아이가 세상을 독립적으로 바라보고 행복하게 살아갈 수 있는 토대를 마련해 주는 것이 부모의 역할이다. 마치 아이와 함께 바다를 헤엄치는 심정으로 키워야 한다. 부모가 언젠가는 힘이 다해 파도에 휩쓸려가더라도, 아이는 자기 힘으로 헤엄쳐서 살아남을 수 있게 해야 한다. 부모가 없더라도 살아갈 자립심을 키워주는 것이 부모가 해야 할 일이다. 아이는 나의 소유가 아니다. 아이는 하느님이 우리에게 주는 선물이며 그 선물을 정성껏 가꾸어 하느님의 뜻에 맞는 삶을 살도록 교육시키는 것이 부모의 역할이다.

하느님의 뜻이란 곧 자연의 질서이자 법칙이다. 우리는 자연의 질서와 법칙을 벗어나서는 살 수 없다. 아이가 본인이 원하는 삶을 살 수 있는 능력을 키울 수 있는 환경을 조성해 주는 것이 부모의 할 일이다. 아이가 하자는 대로가 아니라 사회의 한 구성원으로 자랄 수 있도록 교육하는 것이다. 형편이 어려우면 어려운 대로 아이에게 상황을 설명해 주고 어떻게 하는 것이 그 순간 최선인지, 왜 그래야 하는지를 말해주고 이해시키는 것이 중요하다. 아이들은 살아가면서 세상을 이해하고, 공동체의 구성원이 되기 위해 늘 대화 상대가 필요하다는 것을 알아야 한다. 아이들에게는 자신의 감정과 생각, 고민 등을 털어놓을 수 있는 소통의 통로가 필요하다. 그 통로가 막혔을 때 문제가 생긴다. 자신의 스트레스를 해소하지 못하는 극단적 단계에서는 눌렸던 분노가 폭발해서 과격하게 행동할 수 있다. 아이들의 모든 것을 다 살피지는 못하지만 아이들이 늘 편안하게 대화할 수 있는 환경은 만들어야 한다. 그것이 가정에서의 환경이며 가족애이자 교육이다. 부모가 잘났건 못났건 아이들에게 최선을 다하고 있다는 것을 보여주면 아이들은 엇나가지 않는다.

교육 강국인 핀란드에서는 "덜 가르칠수록 더 많이 배운다." 라는 말이 있다고 한다. 학교 교육의 한계를 표현하는 말이기도 하다. 하지만 한편으로는 교사나 부모의 개입 없이 스스로 체험하고 느끼게 해야 한다는 말로 들린다. 물론 우리나라와는 달리 "아이는 사회가 키운다"라는 말이 실현되는 교육 환경이 되어 있을 것이다. 우리의 교육 환경을 생각하면 부럽기 짝이 없는 일이다.

한국의 대학은 이제 취업 양성소가 되었다. 학생들은 비싼 등록금을 내고 학점을 잘 받아 취업에 필요한 스펙만을 4년 내내 준비한다. 사실 대학의 위기다. 얼마 전, 유튜브에서 서울대 상담교수의 말을 들었는데, 서울대의 성적 상위 2%의 학생들의 학점이 좋은 비결은 수업 내내 교수의 말을 빠짐없이 적었다가 앵무새처럼 시험지에 적는 것이라고 한다. 그리고 혼밥하는 비율이 70%를 넘는데, 학생들은 그것이 더 편하다고 느낀다는 것이다. 그들은 대학생이 되었지만 학우와의 친교보다 성적에 매달려 고등학교 때와 다름없이 공부를 하며, 노트 필기가 4년 동안의 활동이라고 말한다. 그래서 다윈의 '적자생존'을 비틀어, '적어야 생존할 수 있다'는 우스개 소리마저 있다고 한다. 이것은 학생들의 책임이 아니다. 교수들의 책임이 크다. 창의적인 답을 구하게 하기보다 자기가 한 말을 받아쓰는 학생들에게 후한 점수를 주는 덜 떨어진 교수들이 대학을 망치고 있다. 대학교육의 의미를 되새겨야 할 때다.

1600년대에 세워져 미국에서 세 번째로 오래된 대학인 세인

트 존스 칼리지에서는 입학해서 졸업까지 100권의 필독서, 그리고 끊임없는 학생들의 토론으로 이루어지는 교육과정이 있다고 한다. 전공 없이 졸업한 학생들은 각 분야로 진출한다. 인문학과 기초과학의 기본적인 지식을 통해 자기의 인생을 설계하고 꿈을 키워나가는 대학인 것이다. 대학이 취업만을 위해 존재한다는 것은 매우 불행한 일이다. 유럽의 대학이 인문학을 바탕으로 창의적인 사고 능력의 함양을 강조한 데 반해, 미국의 대학들은 실용주의를 바탕으로 직업 능력을 키우는 데 치중해 왔기에 대학의 역할에 대한 갑론을박은 늘 상존한다.

대학의 효용성에 대한 논의는 대학의 위기를 말해준다. 많은 나라에서 대학 진학률이 떨어지고 있는 현실은 대학 교육이 과연 필요한가로까지 확대된다. 미래학자들은 3/5/19라는 말을 한다. 미래 세대는 일생에 3개 이상의 영역에서 5개 이상의 직업을 가지며 19개 이상의 직무를 하며 살아가게 된다는 예측이다. 다시 말하면 하나의 전공만으로는 살아가기 힘들다는 것이다. 졸업 후에 전공이 다른 사람들과의 협업을 통해 일을 처리해야 하는 시대에, 학생들이 나 혼자만 열심히 하면 살아남을 수 있다고 생각하게 하는 현재의 대학 교육은 심각하게 재고되어야 한다.

아이들은 마스터키를 통해 자기 인생을 개척해 나가도록 교육되어야 한다. 마스터키란 스스로 미래를 헤쳐 나갈 힘을 기르는 것을 말한다. 초연결사회에서 지식은 이제 관심만 있으면 언제든지 획득할 수 있는 자산이 되었다. 이러한 시대에 부모는 자식의 지식을 구하는 데 연연하기보다는 삶을 살아가는 지혜를 가르쳐 주어야 하지 않을까.

자연의 질서와 법칙은 순환이다. 순환은 교유하는 것이다. 아이들이 자유로운 시간을 많이 갖게 해서 타자와 교유하며, 자신의 정체성을 깨닫고, 사회성을 기르면서, 타인과의 공감대를 넓힐 수 있도록 해야 한다. 모든 사회생활에서 타인과 나누는 공감 능력은 중요하다. 타인과의 비교를 통해 위축되는 게 아니라 자신의 독립성을 자각하고, 모든 생명체가 자신의 모습으로 당당히 자연과 함께 살아가듯이 공동체 안에서 자립적으로 세상을 바라보고 살아갈 수 있도록 키우는 것이 부모의 역할이다. 나만의 육체적, 정신적 환경을 긍정적으로 받아들이며 그 속에서 자신의 행복을 만들어 가는 힘을 기르도록 키워야 한다.

요즘 타인과의 비교와 부모의 압박, 자신감 결여 등으로 청소년들의 자살률이 높다고 한다. 그것은 자신에 대한 비하와 '나 같은 것은 살 필요가 없어'라고 생각해서 저지르는 일이다. 그 애들이 얼마나 살아서 그런 판단을 내리는 걸까. 안타까운

일이다. 혹 부모가 아이들에게 이런 생각을 심어주는 데 일조
하는 것은 아닌지 부모의 입장에서 세심히 살필 일이다. 이
세상에서 비교할 만한 것은 아무것도 없다. 왜냐하면 모든 존
재는 유일무이하기 때문이다. 다시 말해서 같다고 느끼지만
아무것도 같을 수 없기 때문이다. 자기 비하는 비교하는 경쟁
사회에서 자기 위치를 파악하지 못하고, 자기 감정을 통제하지
못하며, 자기 존중을 배우지 못해서 생기는 일이다. 자기 존중
을 모른다면 타인에 대한 존중이 가능할까. 최근에 초등학생들
이 부모, 선생님들에게 저지르는 패륜적인 행동에서 부모를
비롯한 어른들은 책임을 통감해야 한다. '아이는 세상이 키운
다'는 말이 있듯이 이는 사회 모두의 책임이지만, 교육의 출발
점은 가정이라는 점을 명심해야 한다. 어린 아이에게 가정은
사회생활에서 필요한 것을 배우고 익히는 중요한 요람이다.
가정에서의 습관이 사회에서도 나타날 수밖에 없기 때문이다.
아이들에게 내가 소중한 만큼 부모를 비롯한 타인들도 소중한
존재라는 생각을 갖게 하고 상호존중의 마음을 갖게 해야 한
다. 그것이 스스로를 위한 것이라는 것을 깨닫게 하는 것이
부모의 몫이고, 가정교육이다.

우리나라의 대학 진학률은 70%인데, 요즘에는 대학 졸업장
이 필요한 직업이 40% 정도라고 한다. 그러니까 대학 졸업자
의 30% 정도는 취업을 못하거나, 전공과 상관없는 일을 하며

살게 된다는 것이다. 대다수의 아이들이 무목적적으로 대학을 가는 사회는 병든 사회다. 입시 위주의 학교 교육, 아이들을 모두 한 방향으로 달리게 하여 1, 2, 3등을 매기고 순위 밖의 아이들을 낙오자로 만드는 사회는 바뀌어야 한다. 전 세계에서 사교육비를 가장 많이 들이면서도 무엇을 해야 하는지를 모르는 아이들로 키우는 교육은 바뀌어야 한다. 아이들의 다양한 적성과 관심사를 발굴하고 키워주고, 탁 트인 원형경기장과 같은 무대를 만들어서 아이들이 어디로 뛰어도 서열을 매길 필요가 없는 사회가 되어야 한다. 주입식과 암기 위주 교육에서 탈피하여, 모방형 인재보다는 창의적인 인재 교육으로 우리나라의 교육제도가 바뀌어야 한다. 그러기 위해서는 다양하고 창의적인 시각, 공동체 정신을 함양할 수 있게 사회 전체가 관심을 갖고 노력해야 할 일이다.

유발 하라리는 『사피엔스』에서 인간의 진화는 수렵채집인 단계에서 정지되었고, 수렵채집 사회에서 정치적 지배력을 가진 사람은 근육조직이 아니라 사회성이 가장 뛰어난 사람이었다고 말한다. 현대 인지심리학에서는 상황이라는 말을 많이 쓴다. 내가 무엇을 하고 싶으면 그런 환경에 나를 두어야 한다는 것이다. 반면에 인간의 의지는 것은 믿을 수 없다는 입장이다. 의지보다는 환경이 중요하다는 것이다. 맹모삼천지교(孟母三遷之敎)처럼 아이의 환경을 어떤 곳에 두느냐에 따라 그 아이가 듣고 보고 배우는 바가 달라진다.

아이에게는 부모가 말하고 행동하며 일상을 살아가는 모습이 가장 가까운 환경이다. 부모가 거울인 셈이다. 어렸을 적에 보고 배운 것은 다 부모에게서 나온다. 그래서 부모 노릇하기가 어려운 것이다. 따라서 좋지 않은 환경에 아이를 두고 의지를 가지라는 것은 거의 불가능에 가깝다. 아이들이 자신의 적성과 능력을 통해 다양성을 가진 건강한 사회를 만들어 나갈 수 있도록 한국의 교육제도와 교육운영 방식도 달라져야 하지만, 아이의 행복이 무엇인지, 그를 위한 부모의 행동 방식은 어떠해야 하는지에 대한 가치관도 새롭게 정립돼야 하는 것이다.

자유와 공익의 균형

공동체란 나 이외의 사람들과 함께 살아가는 집단을 말하며, 그 범위는 부부라는 작은 단위부터 사회, 국가, 세계 공동체까지 확장된다. 요즘은 우리가 더불어 사는 자연까지 포함하여 지구 공동체라고 한다. 공동체라는 의미는 생활이나 행동, 목적 등을 같이 하는, 운명을 같이하는 집단이라는 뜻이다. 따라서 공동체의 구성원들은 서로서로 연결되어 영향을 주고받으며 살 수밖에 없다는 의미도 포함하고 있다. 나 혼자 살아가는 것이 아니라면 우리는 공동체를 이루며 살아가야 한다. 동시에 우리의 후손들 또한 공동체를 이루어 그 속에서 행복한 삶을 살았으면 하는 것이 우리 모두의 바람이다. 따라서 나만의 가족이나 혈연, 지연 공동체라는 협소한 의식으로는 행복한 공동체를 만들기 어렵다. 가능한 한 많은 이들이 행복할 수 있는 공동체를 만들기 위해 지속적인 관심을 가지고 노력하는 일이 우리와 후손들의 행복을 위해 할 수 있는 최선일 것 같다.

인간은 수렵채집하며 동굴에 살던 태곳적부터 무리를 이루어 살아왔다. 무리를 이루어 협동하는 생활이 인간을 다른 생명체보다 우월한 존재로 만들었다. 다시 말해 서로 협동하는 힘으로 인류가 지금처럼 존재할 수 있었다는 것이다. 그런 환경에서 가졌던 오랫동안의 습관에서 지금 우리들의 사고나 습관의 근원을 찾기도 한다. 우리의 공통된 사고나 습관은 우리가 살아 온 환경에 직접적인 영향을 받았을 수밖에 없다. 앨런 피즈와 바바라 피즈의『말을 듣지 않는 남자 지도를 읽지 못하는 여자』나 존 그레이의『화성에서 온 남자 금성에서 온 여자』 등의 책에서는 성의 근본적 차이가 존재한다고 말한다. 남성은 태곳적부터 사냥꾼으로 살아왔기 때문에 공간지각력과 집중력 이 발달하게 되었고, 여성은 동굴에 남아 아이들을 보호하는 둥지 수호자의 역할로 긴 세월을 살아왔기 때문에 돌봄과 배려 의 능력을 지니게 되었다는 것이다. 그래서 남자가 일과 업적 을 중시하는 데 비해 여자는 인간 관계를 소중하게 여긴다는 것이다. 이 책들은 사회생물학적 관점에서 환경에 따라 유전자 가 달라진 상대방의 성에 대해 더 잘 이해하고 조화를 이루어 살자는 내용으로 남녀의 차이를 말하지만 이것이 차별을 의미 하는 것은 아니다.

공동체 생활은 근본적으로 서로에 대한 존중과 이해 그리고 협조가 필수적이다. 하라리에 의하면 일반적으로 150여 명까 지는 함께 묶어 의사소통이 가능하다고 한다. 그러나 그 이상 의 사람들을 한데 묶을 수 있는 것은 언어와 허구를 말하는 능력에 달려 있다는 것이다. 달리 말하면 인간의 상상력에 의 해 공동체 의식을 이끌어낼 수 있다는 것이다. 우리는 취미, 종교, 집안, 혈연, 지연 등 동질성을 강조하여 많은 사람들을 끌어들이고 한 공동체를 만들어낼 수 있다. 그 영향은 좋은 것일 수도 나쁜 것일 수도 있다. 집단의식은 장점과 단점이 동시에 존재한다. "우리만 되는 거야"라는 폐쇄성을 가질 수도 있고 "우리여서 되는 거야"라는 자신감으로 힘을 주는 좋은 공동체가 될 수도 있다. 어찌 보면 끼리끼리 문화일 수도 있지만 넓게는 사해공동체(四海共同體: 전 세계가 공동체)까지로 확장될 수 있다. 그 확장 공동체의 방향성은 중요하다. 나와 통하는 것만 받아들일 것인가 아니면 모든 가능한 다양성을 수용하면서 개방적인 방향을 취할 것인가.

공동체 생활에서 가장 중요한 문제는 개인의 자유와 공동체의 이익 간의 균형이다. 이 둘은 불가피하게 양립하기가 어렵다. 다시 말하면 개인의 자유가 어느 정도 제한되어야 공동체가 유지될 수 있기 때문이다. 그래서 예절, 규칙, 법 등이 공동체 유지를 위해 존재하는 것이다. 공동체를 선택하는 이유는 나의 자유에 대한 제한보다 공동체에 속함으로써 나에게 더 이익이 되기 때문이며 고립감보다 소속감이 우리에게 더 안정감을 주기 때문일 것이다. 어쨌거나 우리는 혼자 살지 않는 한 공동체의 일원으로 살 수밖에 없다. 어떤 공동체든 그 구성원에겐 크고 작은 의무가 따른다. 우리는 지구라는 공통의 환경에서 살아가고 살아가야 하는 한 몸이다. 우리 몸의 모든 부분이 서로 공조하고 협력하듯이 지구의 모든 생명체가 한 몸이다.

4부 나를 내려놓기

이 세상의 어떤 개체든 다 자신의 환경에 따라 살 수밖에 없고 그 사정은 다 다르다. 나의 판단은 나의 잣대일 뿐 그 기준은 객관적인 것이 아니어서 늘 잣대의 기준을 내려놓아야 바른 판단을 할 수 있다. 사실 객관이란 없다. 모든 것이 순간 순간 변하는 환경에서 객관이 설 자리는 없다. 다만 많은 이들 이 인정하는 상황을 객관이라 말할 뿐이다.

우리가 서로서로 의지하고 산다는 것을 가장 잘 느낄 때는 나의 힘이 빠졌을 때다. 나의 힘을 최대한 내려놓을 때 상대를 최대한 느끼게 된다. 이것은 물리적으로나 정신적으로나 마찬 가지다. 나를 내세우지 않고 나의 힘을 내려놓을 때 내가 상대 하는 사람이든 사물이든 그 느낌을 확실히 느낄 수 있다. 나의 욕심을 내려놓을 때 진정으로 상대의 말을 들을 수 있고 상대 를 느낄 수 있다는 말이다. 모든 생명체는 가볍고 여리게 태어 나서 자란 것들이다. 가볍고 하찮은 것처럼 보이는 것들이 세 상을 채우고 그 속에서 또 새로운 생명체들을 키우고 있지 않 는가. 나 또한 거대한 우주 안에서 먼지처럼 가벼운 존재이면 서, 다른 생명체와 더불어 세상을 채우는 실재인 것이다.

생각의 10% 정도만이 우리가 살아가는 데 꼭 필요하다고 한다. 우리가 고민하는 문제 중의 70%는 쓸데없는 걱정이고 20%는 내 손을 떠나 있는 것이며 다만 10% 정도만 내가 직접

할 수 있는 일이라는 것이다. 이 통계가 얼마나 정확한 것인지는 모르나 대체로 맞는 말인 것 같다. 그만큼 사람은 과거나 미래에 영향을 받고, 거기에 붙들려 산다는 말이기도 할 것이다. 우리는 일상생활에서 상당한 부분을 상상으로 채운다. 일어나지 않는 일을 상상하기 시작하면, 생각이 꼬리를 물고 일어나 마치 눈덩이 굴러가듯 커다란 상상의 세계를 만들고 우리를 그 속에 빠져들게 한다. 이것이 지나치면 현재의 삶을 간과하고 허상의 삶을 살게 되며 심할 경우 정신 질환에 이르게된다.

톨스토이의 단편 「세 가지 질문」에는 이런 이야기가 나온다. 어떤 왕이 세 가지 의문을 품었다. 어떤 일을 할 때 가장 좋은 때는 언제일까? 그때 나에게 가장 필요한 사람은 누구일까? 그때 나에게 가장 중요한 일은 무엇일까? 그는 지혜롭다고 알려진 은사(隱士)를 찾아갔다. 노쇠한 그가 힘들게 밭고랑을 파고 있는 모습에 왕은 그를 대신해 계속 일을 해주다가, 배를 움켜쥐고 피를 흘리고 있는 남자가 달려오자 그를 정성껏 치료해서 생명을 구해주었다. 그 남자는 사실은 왕에게 원한이 있어 왕을 죽이러 왔다가, 호위대에 들켜서 죽을 뻔했다고 고백한 후, 목숨을 구해준 왕에게 충성을 맹세한다. 은사는 왕이 허약한 자신을 대신해서 밭고랑을 파지 않고 돌아갔더라면 왕이 그 남자에게 생명을 잃을 뻔하지 않았겠느냐며 세 가지 질문에 대답을 해주었다. 가장 좋은 때란 지금이며 가장 필요한 사람은 지금 내 앞에 있는 사람이며, 가장 중요한 일이란 그 사람에게 선행을 베푸는 일이라는 것이다. 은사는 지금이 가장 중요한 이유가 우리가 오직 '지금' 이 순간만이 영향력을 발휘할 수 있는, 마음대로 다룰 수 있는 시간이기 때문이라고 한다. 그리고 지금 함께 있는 사람이 가장 중요한 이유는 앞으로 어떤 상황에서 그 누구와 자신이 인간 관계를 맺을지 모르기 때문이며, 가장 중요한 일이 함께 있는 그 사람에게 착한 일을 행하는 것인 이유는 오직 이를 위해 인간이 이 세상에 왔기 때문이라고 덧붙인다.

삶과 죽음은 공존한다. 언제 어떻게 죽음이 다가올지는 아무도 모른다. 내가 지금 당장 죽게 된다면 나는 어떻게 생각하고 행동할까. 우리는 태어날 때 빈손으로 온 것처럼 갈 때도 빈손으로 간다. 무엇에 연연하고 무엇에 집착할 것인가. 나를 온전히 내려놓고 세상과 함께 호흡하고 편안하자. 내가 이 세상과 한 몸인 것처럼. 그리고 톨스토이의 이야기처럼 여기, 지금, 나의 가까이 있는 사람에게 좋은 일을 베풀며 사는 것이다.

종교의 참뜻

인간은 자연 앞에 나약하기 때문에 무언가에 의지하지 않으면 불안에서 벗어나기 어려웠다. 그래서 가장 의지할 만한 것을 숭배하고 의지함으로써 불안을 누그러뜨릴 수가 있었다. 그리고 그 존재와 소통한다고 믿어지며, 그를 경배하는 제사를 주관하는 무당, 제사장이 힘을 갖게 되었다. 인간은 이제 태양, 거목, 거석 등등의 자연신을 거쳐 종교(宗敎: 가장 근본이 되는 가르침, 궁극의 가르침)에서 가르치는 말씀을 숭배하고 따르는 단계에 이르게 되었다. 기독교, 이슬람교, 불교가 오늘날 지구 상의 대표적인 종교라고 할 수 있다. 물론 기독교와 이슬람교는 종교적 뿌리가 같다. 예수가 태어난 해를 원년으로 하는 서기를 기원으로 삼아 인류의 역사를 기록하고 있는 것은 기독교를 믿는 사람들이 경제적 군사적인 힘이 있었기에 가능한 일이었다. 인간의 역사가 어찌 기독교 역사뿐이겠는가.

그런데 대부분의 종교가 성역화를 통해 지금에 이르고 있지만, 본래 예수, 석가, 마호메트의 가르침은 지금보다 더 단순하고 성역화되지 않았었다. 예수와 석가 모두 교회나 절을 세우지도 않았으며 돌아다니면서 자신의 가르침을 펼쳤고, 마호메트 또한 우상을 섬기지 말라고 가르쳤다. 그런데도 종교의 성역화로 인해 권력과 지배계급이 생겨나게 되자, 교회나 절의 유지를 위해 그리고 성직자라는 직책의 유지를 위해 가르침은 왜곡되고 세속화되었다. 예수, 석가, 마호메트는 보이지 않는 진실과 진리를 가르쳤지만 인간들은 그들의 보이는 형상을 찾거나 만들면서 본래의 뜻을 왜곡하고 제멋대로 해석하며 편가름을 했다.

우리나라 교회 운동의 선구자였던 함석헌 선생과 그의 스승 유영모 선생은 성서의 철저한 고증을 통해 올바른 기독교인 상, 진정한 기독교인이 가져야 할 믿음과 생각을 명확히 설파한다. 그들은 예수의 가르침이 동정녀설과 육체 부활설로 인해 미신화되고, 천박한 종교로 타락했다는 신랄한 비판을 가한다. 서구의 위인들, 버트런트 러셀, 슈바이처 등도 타락한 기독교에 대단히 비판적이었다. 기독교가 진정한 예수의 가르침을 따라 정신적으로 부활하는 삶을 살 생각 없이 그저 자신의 복을 비는 기복신앙(祈福信仰)으로 변질되었다는 것이다.

지금의 종교계를 둘러보면 종교인들이 과연 올바른 믿음의 뜻에 따라 자기 삶을 반성하고 살고 있는지 의문이 든다. 기독교 역사에서, 십자군 전쟁을 통한 이교도 집단 학살, 마녀 사냥, 종교 탄압, 그리고 지금도 이어져 오는 종교 갈등을 보면 착잡하다. 배타적인 믿음의 집단이 되어 다른 이의 믿음에 대해 적대시하는 상황을 보면, 그들이 믿고 있는 것이 무엇이기에 타자를 저토록 박해하는지 이해하기 어렵다. 최근의 이스라엘과 팔레스타인의 전쟁을 보면 저들은 무수한 민간인과 아이들을 재물로 삼아 무엇을 지키고 무엇을 위해 서로 살육을 저지르는지 의문스럽기만 하다. 그들이 믿는 믿음은 무엇일까.

믿음을 강요하는 것이 종교일까? 왜 우리는 종교를 믿는 것인가. 종교의 본질에 대한 이해는 있는 것인지. 종교의 가르침은 우리의 실생활 속에 살아 움직이며 실천되어야 할 것이지 실생활과 따로 떨어져 숭배되어야 할 어떤 존재가 아니다. 우상 숭배가 아니라 우리가 실생활에서 실천하며 성찰하며 사는 기준이 진정한 종교의 가르침이다. 예수 당시 1년에 한 번 양을 제단에 바치는 유대교의 의식에서, 성전의 유대인 상인들(바리새인)은 집에서 기르던 양을 잡아 성전에 가져오는 사람들을 배척했다. 자기들이 성전에서 파는 비싼 양만 제사에 바칠 수 있다는 것이었다. 그런데 그 양 값은 시중에서 파는 양 값의 3배 이상이 되었다. 이에 예수는 하느님을 팔아 성스러운 성전에서 자기 이득을 취하는 바리새인들의 좌판을 뒤집고 꾸짖었다는 일화가 성서에 전한다. 이 시절 하느님을 팔아 장사하는 바리새인들과 지금의 종교인들이 과연 얼마나 다른지 의문이 든다.

종교는 이제 사업이 되었다. 물론 진정한 종교인들도 많지만 왜곡된 신앙생활을 하는 사람들이 더 많다. 대표적으로 신앙과 생활이 분리된 생활을 하는 사람들이다. "주의 뜻대로 하소서."

라고 기도하지만 사실은 "내 뜻대로 해 주소서."라고 기도하는 사람들이 대부분이다. 신앙을 기복(祈福)으로 믿는 사람들이 많다. 자신의 마음의 안정을 구하는 인지상정을 나무랄 바는 아니지만, 신앙이 추구하는 영성과는 거리가 멀다. 종교의 가르침은 "순간순간의 삶이니 집착을 버리고 베풀며 살아라."와 "이웃을 내 몸처럼 사랑하라."이다. 이는 단순한 가르침이지만 실천하기는 매우 어렵다. 신앙이 생활이 되고 생활 속에서 신앙을 실천하는 그런 신앙인이어야 한다. 서양의 기독교 역사는 수많은 사람들을 박해하고 살해하는 역사 위에 세워졌다. 이 어두운 역사를 예수님이 바라셨을까.

현재 진정한 기독교 신앙을 가진 사람은 찾기가 매우 드물다. "다른 우상을 섬기지 말라."라는 가르침은 나의 신앙 이외의 신앙에 대해 매우 적대적으로 만들었다. 잘못된 믿음은 서로를 갈라놓고 반목하며 미워하게 만든다. 영국의 철학자 존 로크는 하느님을 예배하는 방식에 대한 관용이 있는가 없는가에 따라 진짜와 가짜 교회를 구분지을 수 있다고 했다. 하느님이 어찌 너의, 나의 하느님으로 갈라질 수 있을까. 무지로 인한 편가름, 자기의 신앙만이 절대적으로 옳다는 편협한 믿음을 가진 자는 진정한 신앙인으로서의 자격이 없다. 셰익스피어의 「베니스의 상인」에는 "악마도 성서를 인용할 수가 있다"라는 대사가 있다. 이는 성경이나 불경이 모두 예수, 석가 사망 후에 제자들의 기억과 회상을 모아서 이루어졌고, 각 상황에 따른 비유적 말씀으로 이루어져 있기 때문에 해석에 따라 얼마든지 달리 해석할 수 있다는 말이다. 종교개혁 이후 사제의 해석을 거치지 않고 성서에 따른 신앙을 강조하다 보니 그 해석에 따라 250여 계파의 개신교 교회들이 생겨났다.

불교도 그렇다. 석가 사후 부파불교시대(部派佛敎時代: 석가가 열반에 든 후 100년 경, 제자들 사이의 이론적 이견으로 많은 분파가 생긴 시대, 당시 인도 아쇼카 왕의 사원에 대한 지원으로 승려들이 유복해지자 탁발(托鉢)을 하지 않고 사원에서 갑론을박만을 일삼던 시대)를 거쳐 오랜 세월이 흘러오는 동안 많은 사교 집단들이 생겨났다. 불경의 똑같은 구절도 어떻게 해석하느냐에 따라 그 의미를 달리하다 보니 내 해석이 옳다고 주장해 그 많은 분파가 생긴 것이다. 많은 사찰과 스님들 중에서 진정으로 석가의 가르침을 실천하고 수행하는 불교인은 찾아보기 쉽지 않다. 동시에 사찰도 교회처럼 경제적으로 사업화된 경우가 많다. 사찰의 운영을 위한 자금 마련이 목적이지만 신앙과는 거리가 먼 경우도 있다. 대표적으로 49제가 그렇고, 문화재 보호 기금이라는 명목 하에 많은 국가 보조금을 받고도 따로 사찰 통행료를 받는 것도 그러하다. 불교가 긴 역사를 통해 전해오면서 무속적인 것, 중국적인 것 등을 받아들이다 보니 본래 석가의 사상과는 동떨어진 면을 많이 보이고 있다. 안타까운 일이다.

우리나라에서는 유독 편을 가르고 다른 종교를 비방하는 일이 많다. 이것이 어떻게 진정한 종교인이라고 말할 수 있을까. 매일 하느님의 은총 속에서 서로 감사하며, 참회하고 사랑할 일이다. 요즘은 진정한 그 종교의 원래의 뜻을 찾아 초기 경전을 찾는 이들이 많다. 기독교의 도마복음, 불교의 니까야를 통해 석가와 예수의 가르침을 직접 듣고자 하는 것이다. 종교의 의미는 모든 사람들이 평화롭고 행복한 삶을 영위하도록 돕는 것일 것이다. 이 세상 모든 만물이 한 몸이라는 인식과 생활화가 신앙의 기초가 아닐까. 인간이 서로 편가르기를 하고 서로 옳다고 주장하는 동안 이 지구는 병들어 가고 인류 전체가 그 영향을 받고 있다. 지구 온난화에 따른 기후 변화, 환경오염 등으로 많은 사람들, 특히 빈곤 국가의 사람들이 굶주리며 신음하고 죽어가고 있다. 또한 종교 분쟁으로 많은 이들이 고통받고 죽어간다. 과연 이것이 우리의 정신적 스승인 석가, 예수, 마호메트의 뜻이었을까. 이것은 누구의 책임이고 이런 환경에서 후대의 우리 아이들은 안전할까? 신앙은 무엇을 위해 있을까.

부자는 만족할 줄 아는 사람

인류의 역사에서 사람들이 많아지고 생활의 폭이 확장되면서, 인간에게 필요한 물건이 점점 늘어나게 되었다. 처음에는 물물교환으로 서로 간에 필요한 물건의 거래가 이루어지다가 화폐의 등장으로 모든 거래가 돈으로 이루어지게 되었다. 돈은 인간이 고안한 것 중 가장 보편적이고 효율적인 상호신뢰 시스템이다. 다시 말해 돈은 통용되는 세계에서 모든 교환가치를 지닌다.

자본주의는 자본과 노동을 들여 창출한 이익을 자본과 노동에 나누고 남은 것을 다시 자본으로 투자하여, 파이를 키워 자본과 노동이 점점 부유해지는 것을 목표로 작동하는 것이 원래의 취지다. 하지만 자본은 노동에 정당한 대가를 지불하는 대신 파이를 키우기 위해서 자본이 투자에 들어가야 한다는 논리를 내세워 정당한 노동의 대가에 인색하다는 것이 문제다. 따라서 자본은 계속 늘어나는데 노동의 대가는 그에 따라 늘어나지 않는 불균형이 생긴다. 이익과 분배의 균형이 자본주의의 이상인데 인간의 체제가 흔히 그렇듯 이러한 이상은 실현되기가 어렵다. 자본가들이 자유경쟁에서 살아남기 위해 노동자 계급에 대한 착취를 강화하는 행태로 자본 축적을 하게 되면서, 두 계급의 투쟁은 불가피해진다.

이에 반해 정당한 노동의 대가, 노동자가 착취당하지 않고 살아가는 이상세계를 꿈꾸었던 공산주의가 있었다. 마르크스와 엥겔스가 공동 집필한 1848년의 〈공산당 선언〉의 이론을 토대로 1917년 레닌은 볼셰비키 혁명을 통해 러시아 공산당을 탄생시켰다. 러시아 공산주의는 약 70년간 지속된 후 1991년 세력을 완전히 상실했다. '각자 능력에 따라 일하고, 필요한 만큼 가져간다'는 공산주의의 이상은 실패로 끝났다. 재산공유제를 지향하는 공산주의의 실패의 원인은 여러 가지가 있지만 체제의 경직성과 부패가 가장 큰 원인으로 꼽힌다. 현재 남아 있는 중국, 북한 등 공산사회주의가 얼마나 지속될지는 알 수 없다. 누구에게나 다 직업을 주는 실험은 이미 중국이나 북한에서도 끝났다. 동시에 권력을 쥔 지배 계급의 부패로 체제의 전망은 더욱 어둡다.

우리가 살고 있는 자본주의도 같은 문제를 안고 있다. 점차 늘어나는 양극화 문제의 해결책 모색이 시급하다. 사회 불평등은 많은 문제를 일으키고 모두를 병들게 한다. 지금은 내가 부자이겠지만 대대손손 그럴까? 후대에 나의 증손자, 그리고 후손들이 가난과 차별에 시달리게 될 때 지금 이대로의 체제와 삶의 방식이 그때도 바람직할까. 지금의 자유경쟁은 진정한 자유경쟁인가? 아니다. 출발선상부터 다르기 때문이다. 흔히 기울어진 운동장이라 불리우는 불평등한 경쟁이다. 몇 억의 돈으로 미국 아이비리그의 입학 요건을 갖춰 진학하고 부모

혹은 친지의 찬스로 다른 애들보다 좋은 기회를 선점하여 일찌감치 사회의 주류 계급으로 진입하는 젊은이들이 있는가 하면, 한 평 남짓한 고시원에서 기거하며 취업 전선에서 실패와 좌절을 겪는 젊은이들도 있다. 좀 더 건강한 사회, 우리 후손들이 공평한 출발점에서 경쟁하고 서로 이해하고 협력하는 사회가 되기 위해서는 광범위한 사회안전망의 구축과 확대가 필요하다. 모두 함께 잘 살 수 있는 체제와 제도란 그저 이상에 불과할지도 모른다. 다 함께 잘 살자고 이런저런 정치, 경제, 사회적인 체제를 유지하고 있지만 완벽이란 없는 것 같다. 다만 문제가 생기면 서로의 의견을 존중하고, 충분히 토론해서 최선의 처방이 법으로 제정되는 제도적 장치가 원활하게 작동되도록 힘을 모아야 할 것이다.

돈은 살아가는 데 꼭 필요한 것이지만 생활에 불편을 느끼지 않을 정도가 적당한 것 같다. 그러나 그렇게 하기가 무척이나 어려운 시대를 우리는 살아가고 있다. 그것은 상대적인 박탈감, 미래에 대한 두려움, 욕망 등이 한데 어우러져 우리를 옥죄기 때문이다. 얼마나 가져야 행복할까. 영국의 철학자 버트런드 러셀은 그의 저서에서 인간을 불행하게 만드는 것은 첫째가 절망이요, 둘째가 시기심이라고 한다. 물이 흐르는 것처럼 돈도 들어오고 나가며 흐른다. 하루 세 끼, 계절에 따라 입는 옷, 신발, 그리고 살 집 등 사실 우리가 살아가는 데 꼭 필요한 것은 그리 많지 않다. 우리는 지금 너무 많이 먹고 움직이지 않아 영양 과잉으로 생기는 많은 질병에 시달린다. 유행 따라 바꿔 입고 타인들과 비교하여 필요한 것 이상으로 구매하는 옷은 의류 쓰레기 문제를 일으키며 지구에 부담을 주고 있다. 우리는 없어도 좋을 물질을 추구하며 시간을 소모하고 자신을 옥죄고 안달하며 만족할 줄 모르는 기관차처럼 돌진한다. 이것이 과연 행복한 삶일까.

우리는 자유시장경제의 체제 안에서 살고 있다. 시장은 수요와 공급에 의해 움직인다고 하지만 사실 시장을 움직이는 것은 탐욕과 두려움이라고 한다. 우리는 수요 이상의 것을 저장하고 그것을 위해 우리 스스로를 혹사한다. 풍요 속의 빈곤이라고 할까. 정당한 대가보다 일확천금을 꿈꾸며 산다. 누구도 자기가 얼마나 가져야 만족할지를 모른다. 욕심은 바닷물과 같아서 마시면 마실수록 목이 마르다고 한다. 오죽하면 99마지기 가진 사람이 1마지기 가진 사람에게 네가 가진 것으로는 아무것도 못하니 나에게 주어 100마지기를 채우게 하면 어떻겠느냐고 했다는 우스갯소리가 있겠나. 지족제일부 무병제일이(知足第一富 無病第一利)라는 말이 있다. 만족할 줄 아는 것이 가장 부자요 병이 없는 것이 가장 이로운 일이라는 뜻이다.

건강을 위한 조언

살아있는 동안 건강을 유지하는 일은 더 말할 나위 없이 중요하다. 유전의 영향도 있지만 요즈음은 너무 많이 먹고 움직이지 않아 생기는 병들, 스트레스로 인한 폭식, 유통기간을 늘리기 위한 각종 첨가물의 범람 등으로 건강을 유지하기가 어렵다. 과도한 음식 섭취를 줄이는 방법은 천천히 잘 씹어 먹는 것이다. 젊을 때는 왕성한 활동력과 소화력으로 조금 무리하게 먹어도 문제가 없지만 나이가 들수록 활동할 일이 줄고 소화력이 떨어진다. 천천히 잘 씹어 먹으면 소화에도 좋고 포만감을 느끼게 되어 음식 섭취가 줄어든다. 보통 식후 약 20~30분 후에 가장 포만감이 든다고 한다. 최소한 30분의 식사 시간을 가지는 것이 좋다는 이야기다.

그런데 현대인들은 바쁘다는 생각에 빨리 먹기 때문에 포만감을 느끼지 못해 과도하게 먹게 된다. 또 먹는 일에 집중하지 않고 다른 생각을 하거나, 티비나 휴대폰을 보면서 먹기에 음식에 집중하지 못한다. 따라서 잠깐의 맛은 느끼지만 온전히 그 음식을 먹지는 못한다. 음식에 집중하는 식사를 하면 내용물의 식감과 맛을 온전히 느낄 수가 있고 그런 식사 습관은 과도한 음식 섭취를 줄인다. 많이 씹으며 음식의 맛을 음미하면서 하는 식사는 적게 먹어도 포만감을 느낄 수 있기 때문이다. 먹는 즐거움을 알기 위해서는 먹고 있는 음식에 집중할 일이고 그 음식이 있기까지 모든 이의 수고를 생각하며 감사하게 먹을 일이다.

다음으로 우리 삶에 가장 중요한 호흡에 대해서 생각해 보
자. 호흡을 하지 못하면 5분 내에 뇌사 상태에 빠져든다. 우리
가 의식하지 못하면서 살지만 그만큼 호흡은 중요하다. 호흡은
그 사람의 몸과 마음의 상태를 말해 준다. 흥분하고 감정이
격해 있으면 호흡이 짧고 거칠다. 반대로 차분하면 길고 부드
럽다. 혹자는 평생의 호흡의 횟수도 개인마다 다르지만 일정한
한계가 있다고 한다. 이런 관점에서 보면 호흡을 길고 고르며
부드럽게 한다면 더 오래 살 수도 있다는 말이다. 문제는 그런
상태를 유지하기 위해서 우리의 몸과 마음의 상태를 어떻게
잘 안정되게 유지할 수 있는가이다.

몸과 마음은 분리되어 있지 않다. 몸의 상태는 마음의 상태
와, 마음의 상태는 몸의 상태와 밀접하게 서로 연결되어 있다.
인간의 몸은 어느 정도의 운동이 필요하도록 만들어져 있다.
사실 세포 하나하나가 매 순간 활동하여 우리 몸을 유지한다.
그 세포 하나의 활동은 우리 몸의 모든 세포의 활동과도 연관
되어 있다. 거기에 동원된 것들을 살펴보면 우리가 놀랄 만큼
많은 생명체들이 우리의 몸 속에 들어 있다. 산소, 세균, 혈액,
신경전달물질, 근육, 뼈 등의 역할이 없다면 하나의 세포도
활동할 수 없다. 우리 몸의 내부에는 매우 복잡하게 서로 연관

되어 있는 여러 물질들이 시시각각 활동하면서 우리 몸을 유지해 가고 있는 것이다.

몸의 자세 또한 중요하다. 이것도 마음의 상태와 밀접하게 관련되어 있다. 마음이 안정되어 있지 않으면 바른 자세를 취할 수 없다. 모든 자세에서 명치와 배꼽 사이를 쭉 펴는 것이 중요하다. 가슴은 펴고 어깨는 힘을 빼며 숨을 편안하게 쉬는 것이 바른 자세다. 걸을 때 명치와 배꼽 사이를 늘 쭉 편 상태로 걸으라. 또한 운동할 시간이 없다면 수시로 열 손가락, 열 발가락을 꼼지락거리라. 손가락 발가락은 우리 몸 오장육부 전체와 연관되어 있어 운동의 효과를 볼 수 있다. 잠자기 전후, 베개를 베지 않고 누워 몸을 반듯하게 한 다음 호흡을 편하게 하면서 어깨를 포함해 몸의 좌우를 물고기가 헤엄치듯 서로 엇갈려 비틀어준다. 우리 몸은 좌우 대칭으로 되어 있기 때문에 이는 균형 잡는 데 좋은 운동이다. 그리고 팔 다리 목을 좌우로 움직여 준다.

지금까지 내가 해 본 운동 중에 가장 경제적이고 효과적인 운동은 역시 요가다. 요가는 5천 년 전, 인도에서 비롯된 실천 철학이다. 우리는 요가를 단순히 몸을 움직이는 동작으로만 생각하지만, 이는 요가의 7단계 중 3단계에 속하는 것이다. 요가는 '결합하다'라는 뜻으로 순수의식이나 절대자아와 개인

자아의 결합을 의미한다. 우리가 하는 일반적인 요가는 라자요가로 1단계는 (자연의 하등구조를 파괴하지 말고 폭력적이지 않아야하고, 도둑질을 하지 않으며, 모든 것에 온화해야 하고 소유욕을 가지지 말아야 한다는) 도덕적 생활, 2단계는 긍정적인 본성(순수성, 만족감, 절제, 경전 공부, 성스러운 현존에 대한 자각)과 함께 생활하는 것, 그리고 3단계가 규칙적인 호흡과 몸 움직임이다. 4단계는 감각을 내면으로 돌려 마음을 안정하는 것이고, 5단계는 집중, 6단계는 명상, 7단계는 해탈로 나뉜다(시바난다 요가센터, 박지명 옮김, 『요가』, 하남출판사 참조). 따라서 요가란 자연의 이치와 합일하는 것을 목표로 하는 실천철학이라고 말할 수 있다. 왜냐하면 우리는 자연에서 태어나 자연에서 살아가기 때문이다.

우리가 살면서 움직이는 방향은 대부분 앞으로, 안으로 구부리는 동작이다. 신체의 구조가 그렇게 되어 있기 때문이다. 그 방향으로 계속 반복해서 근육 등을 쓰면 한 방향의 과로로 노화가 진행된다. 다시 말하면 한쪽은 과도하게 사용해서, 그리고 다른 한쪽은 쓰지 않아서 노화가 진행된다는 말이다. 노화란 오랫동안 사용해 신체의 각 기관이 한계에 달해서 일어나는 일이지만 혈행이 원만하지 못하면 더 빨리 촉진된다. 따라서 요가의 동작은 평상시 움직이는 방향과 반대로 작용하는 운동이다. 이를 통해 신체의 밸런스와 혈액 순환을 원활하게 해서 균형 있는 몸을 유지하게 하는 것이 요가 동작의 목표이다. 요가의 동작들은 기본적으로 호흡과의 조화가 중요하다. 대체로 앞이나 옆으로 구부리는 동작에서는 내쉬고, 뒤로 젖히는 동작에서는 호흡을 들이마신다. 익숙해지고 난 다음에는 역으로 호흡하는 방식도 있다. 요가를 할 때 가장 중요한 것은 무리하지 않고 자신이 할 수 있을 만큼의 동작을 꾸준히 하면서 익숙해지는 만큼 조금씩 더 구부리고, 더 펴고, 더 젖히면 된다.

명상(冥想)은 깊이 생각한다는 뜻이다. 다시 말하면 생각 자체에 대해 생각하는 것이다. 명상의 방법에는 생각을 그치는 것과 생각을 따라가는 것이 있다. 생각을 그친다는 것은 모든 생각을 놓아버리는 상태를 말하는 것이고 생각을 따라간다는 것은 그 생각을 객관적으로 바라본다는 것이다. 두 경우 모두 나와 생각을 분리하고 생각 자체에 끌려가지 않는다는 것이 핵심이다. 이 두 가지의 명상은 사실 하나이다. 생각을 그치면 생각을 볼 수 있고 생각을 볼 수 있으면 생각을 그칠 수 있다.

생각이란 무엇인가? 생각을 하지 않고 살 수 있을까? 그럴 수는 없다. 다만 그 생각의 특성을 파악해 그에 끌려가지 않고 가장 효율적인 방식으로 생각하자는 것이다. 생각의 특성은 한 순간에 하나만 생각할 수 있고 지속되지 않는다는 점이다. 지속한다고 해도 얼마 가지 못한다. 다시 말하면 어떤 생각을 하고 있을 때 다른 상황이 발생하면 그 생각은 온데간데없고 현재 발생한 상황으로 생각이 향한다. 또 공상에 빠져 있을 때는, 생각이 꼬리에 꼬리를 물고 사방팔방 퍼져 나가며 별별 생각까지 한다. 그 공상이 실체가 있는가. 다만 공상일 뿐이다. 생각은 이처럼 일시적이며 실체가 없다. 따라서 필요한 생각은 하되 생각의 이러한 특성을 파악해 지나치게 끌려 다니지 않아야 한다는 것이다. 생각은 허상이다. 내가 지금 하고 있는 어떤 일에 집중하지 않으면 그 일도, 생각도 온전히 할 수 없다. 생각을 가능한 한 줄이고 여기 지금에 전념하라. 생각을 나와 분리해 관찰해 보면 뜬구름 같은 특성을 볼 수 있다.

노년의 평화

막연하게만 생각되던 노년이란 시절이 이제 내게 찾아왔다. 요즘 부쩍 "이제 나이가 들어서…"라는 말이 입에 붙어 신체와 정신의 부족함에 핑계 대는 자신을 발견하곤 한다. 언제까지나 팔팔한 신체와 정신으로 지낼 줄만 알았는데 어느새 노년을 살고 있는 나를 본다. 노년에 중요한 것이 무엇일까? 그리고 어떻게 노년을 지내고 슬기롭게 삶을 마무리할까? 이 문제가 나의 당면 문제가 된 것이다.

내게 다가온 노년의 특징을 생각해 보면, 먼저 몸이 쇠함을 느낀다. 앉았다가 일어서고 좀 걷다가 앉아도 저절로 '아이고'가 새어 나온다. 그리고 감각이 둔해져 보고 듣는 것, 생각과 판단에 시간이 걸린다. 당연히 몸과 마음이 민첩하지 못하고 느려진다. 또, 20대는 20킬로, 30대는 30킬로, 70대는 70킬로의 속도로 시간이 지나간다는 말이 실감이 된다. 바깥일과 새로운 경험의 기회가 줄어들고, 일상의 반복적인 일들이 되풀이되는 생활을 하다 보면 아무래도 시간을 체감하며 지내기가 어렵다. 그래서 시간이 훌쩍 지나가 버리는 것처럼 느껴지는 것이다.

우리나라에서 노인학의 대가로 불리는 박상철 교수는 그의 저서 『노화혁명』에서 '기능적 장수'를 제안한다. 그는 "기능적 장수란 단순한 수명 연장이 아니라 삶의 질을 고양하며 인간의 존엄성을 생애 마지막 순간까지 지킬 수 있는 건강한 장수의 패턴을 의미하며, 생의 마지막까지 생체 기능을 극대화하여 유지하는 노력을 필요로 한다. 바로 이러한 개념이 참늙기, 웰에이징의 본질이다."라고 말한다. 그에 의하면 노화의 원인은 다양하지만 어떻게 관리하느냐가 노년의 삶의 질을 좌우한다는 것이다.

새로운 세계 초장수 지역으로 부상한 일본 나가노 지역의 PPK(Pin Pin Korori의 약자로 '팽팽하게 살다 팍 죽자'라는 뜻)운동이나 우리나라에서 회자되는 9988124(99세까지 팔팔하게 살고 하루 이틀만 아프다 죽자)라는 말은 노화를 긍정적으로 받아들이고 관리하자는 움직임이다. 박상철 교수는 노년의 건강과 행복을 위해 운동, 영양, 관계, 참여에 대한 관심을 제안한다. 운동, 영양은 건강 유지를 위한 육체적 요소이며, 관계와 참여는 개인의 삶의 질과 연결된 정신적 요소이다. 적절한 운동과 영양에 관심을 둔 건강한 소식(小食), 가족 관계, 이웃과의 긴밀한 유대, 그리고 취미 활동, 봉사 활동 등에 참여하는 것이 장수의 중요한 요인들이라 말한다. 특히 은퇴 전 자신이 종사했던 분야의 전문지식과 기술을 다양한 곳에서 타인들과 나눔으로써 보람 있는 노년을 보낼 수 있다는 것이다.

대비되지 않는 노년은 불안과 초라함, 그리고 더 나아가 비참함을 느끼게 될 수밖에 없다. 나의 관점에서 노년의 대비란 재정, 건강, 친교, 시간에 대한 관리이다. 노화란 어쩔 수 없는 과정이지만 관리된 노화는 정신적인 여유를 줄 수 있다.

이제 자식들에게 노년을 맡길 수 없는 시대가 되었다. 경제적 자립을 통해 자식들에게 짐이 되지 않도록 할 일이다. 그러기 위해 가장 중요한 것은 빚을 갚지 않는 노후생활을 계획해야 한다. 빚을 지고 있으면 은퇴 후 생활비에 빚의 부담이 더해져 노후에 여유가 없어 힘겨울 수 있다. 다시 말해 은퇴할 때까지 가능한 한 은행 대출 등 이런저런 빚을 청산하도록 해야 한다는 말이다. 현재 자가에서 사는 경우, 노후 부부생활비가 최소 월 270만 원이라고 한다. 많으면 많을수록 좋겠지만 은퇴 후 최소한의 생활비가 연금 형태로 나오도록 노후를 설계해야 한다.

노후에 돈이 얼마나 필요할는지는 아무도 알 수 없다. 요즈음 은퇴 이후 준비되지 않은 노후로 인해 우리나라 노인 빈곤율이 세계 1위라고 한다. 우리의 가족제도가 그를 부추기는 측면도 있다. 서구의 선진국이라는 나라에서는 만 18세가 되면 자식이 부모로부터 독립하는 것이 자연스러운 일이나, 우리는 자식이 결혼해서 분가할 때까지, 심지어는 결혼 이후에도 부모의 도움을 당연시하다 보니 부모의 입장에서는 노후 준비를 할 겨를도 없이 노후를 맞게 되는 것이다. 가능한 한 빨리 자식이 경제적 독립을 할 수 있도록 경제적 지원의 선을 긋고 자신의 노후를 준비해야 할 것이다.

누구나 알 듯이 몸과 마음의 건강을 관리하는 것은 말할 것도 없이 중요하다. 노후에 외롭지 않기 위해 친교 관리와 시간 관리 또한 필요하다. 가능한 한 유쾌한 사람들을 만나고 자기가 부담되는 관계는 과감히 정리해야 한다. 언제 어떻게 죽음이 다가올지 모르는데 유쾌하고 정서적으로 힘이 되는 사람들을 만나는 데도 시간은 부족하다.

꾸준한 독서, 취미공동체 참여, 예술의 향유, 신체의 단련을 통해 삶의 감각이 무디어지지 않도록 부단히 노력하는 것도 중요하다. 감각이 무디어지면, 감동이 줄어들고 무미한 상태가 되며 뭘 보아도 뭘 들어도 뭘 먹어도 별로 흥미롭지 않다. 노화를 막을 수는 없지만, 아름다움을 느끼고, 지적인 호기심을 느끼고, 감사를 느끼며 사는 삶의 풍요를 느끼지 못한다면 살아있어도 사는 것이 아니다.

언젠가 박경리와 박완서가 노년에 대한 감회를 쓴 글을 읽은 적이 있다. 두 사람 다 힘든 세월을 겪어서인지 한결같이 노년이 편안하다고 말한다. 젊어서 겪어야 할 일을 겪지 않아서 좋고, 치장하지 않아도, 누구의 눈치를 보지 않아도, 무엇을 해야 한다는 압박도 없어서 좋다고 한다. 남에게 보이려는 나의 가식적인 면을 내 삶에서 내려놓고, 있는 그대로의 편안함에 머무는 게 노년의 행복이구나 싶다.

죽음, 돌아가기와 살아있기

모든 존재는 존재하기 위해 끊임없이 변한다. 상황이 끊임없이 변하기 때문이다. 그에 맞춰 변하지 않으면 존재를 유지할 수 없다. 죽지 않는 사람은 없다. 태어나면서 이미 죽음을 향해 가는 것이다. 삶과 죽음은 동전의 양면이다. 그렇다고 죽음이 우리의 파멸은 아니다. 다만 우주 공동체의 구성원에서 형태가 잠시 달라질 뿐이다. 자연에서 살다가 자연으로 돌아가는 것.

탄생은 축복이며 한정된 삶이기에 귀한 것이다. 이것을 늘 감사해야 한다. 영원히 산다면 이 매 순간이 그토록 귀하고 아름다울까. 내가 매일 만나는 사람들, 매일 대하는 음식, 매일 대하는 자연이 그대로 변함없이 있다면 그 소중함을 체감할 수 있을까. 우리는 매일 잠을 잔다. 처음에는 가장 편한 자세로 평온함을 느끼며 잔다. 하지만 5~10분 후에는 배겨서 자세를 바꾼다. 그리고 그 간격으로 자세를 계속 바꾸며 잔다. 우리는 매일 그렇게 산다. 그래서 변화가 삶이다.

유명한 셰익스피어 『햄릿』의 독백에 "To be or not to be, that is the question."으로 시작하는 대사가 있다. 그 내용을 보면 죽어서 아무도 살아 돌아온 사람이 없어 알 수 없는 죽음의 세계가 두려워 이 질긴 삶을 초라하게 이어가노라고 고백한다. 우리는 죽음을 입에 담는 걸 불길하게 생각하며 이를 애써

부정하고 외면한다. 죽으면 끝이라고 생각하기에 삶과는 전혀 다른 것으로서 생각도 해서는 안 되는 것으로 치워둔다. 그러나 죽음은 삶과 밀접해 있으며, 모든 생명 과정을 들여다보면 죽어야 산다는 것을 깨달을 수 있다. 자연의 순환 과정, 우리의 호흡, 생명 활동을 찬찬히 살펴보면 죽음과 삶은 하나다. 호흡은 내쉬어야 들이마실 수가 있고, 들이마신 숨을 내쉬어야 살수 있다. 우리의 뇌세포, 피부세포, 혈액세포도 끊임없이 소멸하고 다시 만들어진다. 하나의 세포, 한 호흡의 작동 원리를 면밀히 살펴보면 살아있다는 것은 순환이요, 끝없는 죽음과 탄생의 움직임이다. 움직이지 않으면 다시 말해 이전의 것이 없어지지 않으면, 죽지 않으면, 살아있다고 할 수 없다. 그렇게 우리의 생명은 유지된다. 그러다 조건이 다하면 사라진다. 하지만 우리는 삶만을 당연시 여기며 죽음이라는 관점에서 삶을 생각하지 않는다. "내가 지금 당장 죽는다면…"이라는 생각을 가지면 집착할 일도, 용서 못할 일도 없다. 그때 나의 삶에서 하찮은 것들이 보이고, 진정으로 중요한 것이 무엇인가가 느껴진다.

로마에서는 장군이 전쟁에 이기고 개선할 때, 노예들을 시켜 "Memento mori! Memento mori!(죽음을 기억하라! 죽음을 기억하라!)"를 외치게 했다고 한다. 그 장군이 너무 기고만장하지 않도록 말이다. 죽음을 매 순간 생각하며 산다면 더 사랑할 수 있고,

더 너그러워질 수 있으며, 나의 삶에서 진정으로 중요한 것을 선택할 수 있을 것이다. 죽음에 대한 생각은 나의 삶을 더 진솔하고 알차게 성찰하는 계기가 될 수 있다. 죽는다는 사실을 우리의 삶 속에서 의식하고 살게 되면 삶을 사는 태도가 달라진다. 언제 어떻게 죽을지는 아무도 모른다. 그래서 지금 살고 있는 우리의 삶이 소중하며 지금 내가 보고 듣고 경험하는 것들과 주변의 사람들이 소중해진다. 오직 유일무이하게 한 순간만 존재하기 때문이다. 죽음을 생각하지 않고 살면 삶의 집착에서 벗어나기 어렵고, 의연해지기가 어려우며, 지루하고 고통스러울 수 있지만, 우리의 삶과 죽음을 냉철하게 생각하고 지금을 살면 지금이 유일무이하고 가장 소중하며 매 순간순간 허투루 보낼 수가 없다. 그만큼 우리의 삶이 알차고 보람될 수 있다.

우리는 생명 활동이 멈추면 탄생 이전의 상태로 돌아간다. 우리는 우리가 태어난 이전을 모르며 우리의 죽음 이후 또한 모른다. 그런 면에서 탄생 이전과 죽음 이후는 같은 것일 것이다. 그래서 돌아가셨다는 말을 쓰는 것이다. 우리가 의식이 있을 때, 꿈을 꾸고 있을 때, 기절했을 때를 비교해서 생각해 보자. 우리가 기절했을 때에는 의식이 없다. 그 상태에 대한 기억도 없다. 우리가 꿈을 꿀 때 그 속의 나는 의식이 있는 것처럼 행동한다. 그러나 그때의 의식은 꿈에서 깨어났을 때

사라진다. 그처럼 삶의 의식은 상황에 따라 달라진다. 이것이 자연 순환의 법칙이다. 물이 흘러 바다로 가고 수증기가 되어 구름이 되고 그 구름이 비가 되어 다시 물이 되는 것과 마찬가지다. 물이 없으면 지구상의 생명체는 살 수가 없다. 물의 순환 과정을 보면 우리의 삶의 과정을 유추해 볼 수 있고 자연을 잘 관찰하면 자연의 일부로서의 '나'의 삶과 죽음을 볼 수 있다. 내가 '나―아닌' 것으로 이루어져 있고 유지되듯이 죽음 또한 '나―아닌' 것으로 되돌아가는 과정이다. 에너지 불변의 법칙이 말하듯 나의 에너지는 소멸되었다기보다는 흩어져서 자연계 안에서 순환되는 것이다.

어떤 생명체에도 죽음이란 공통분모가 있고 그것이 생명의 한계라고 말하지만 DNA 입장에서 보면 생명은 멈춘 적이 없다. 나라는 개체의 입장에서는 죽음이 있지만 유전자 차원에서는 한 번도 죽은 적이 없다. 리처드 도킨스는 『이기적 유전자』에서 우리가 존재하는 것은 우리 이전의 조상, 또 그 조상이 존재했기 때문이라고 한다. 나의 유전자는 부모로부터, 부모의 유전자는 할머니 할아버지로부터, 그 분들의 유전자는 그 윗대의 부모로부터…. 이렇게 계속 올라가다 보면 태초의 단세포가 복제를 시작한 때로 거슬러 올라가 그 복제가 지금의 나와 나의 아이들에게까지 이어져 오고 있는 것이다. 따라서 생물학적으로 보면 우리는 아이들 유전자 속에, 내 아이들을 통해 살아

있는 것이다. 그리고 나를 기억하는 사람들 속에 살아있는 것이다.

우리 모두 모든 것은 매 순간 변하고 있다는 사실을 직시하고, 나를 내려놓고 세상을 온전히 매 순간을 만끽하며, 여기 지금의 삶을 감사하게 받아들이며 행복하자. 내가 편안하면 세상이 편안하다. 늘 미소로 나와 세상을 대하자.

지은이 **김성철**

1954년 전라남도 나주에서 태어나 광주광역시에서 자랐다.
광주서중·일고와 전남대학교 영문학과를 졸업하고, 전북대학교 대학원 영문학과에서
Herman Melville에 대한 연구로 문학박사학위를 받았다.
서영대학교 관광과와 간호학과에서 교수로 근무했고, 현재는 은퇴 후 자유인으로 살고
있다.
Melville의 작품에 관한 다수의 논문이 있으며, 아내 이미란과 공역한 책 『치유의 글쓰기
(Writing as a Way of Healing)』가 있다.

허당 선생의 인생 잔소리

© 김성철, 2023

1판 1쇄 인쇄__2023년 12월 07일
1판 1쇄 발행__2023년 12월 17일

지은이__김성철
펴낸이__양정섭

펴낸곳__예서
　　　등록__제2019-000020호

제작·공급__경진출판
　　　이메일__mykyungjin@daum.net
　　　블로그__https://mykyungjin.tistory.com/
　　　사업장주소__서울특별시 금천구 시흥대로 57길(시흥동) 영광빌딩 203호
　　　전화__010-3171-7282　팩스__02-806-7282

값 12,000원
ISBN 979-11-91938-58-6 03810